rororo

PETRA OELKER

NEBEL-
MOND

Rowohlt Taschenbuch Verlag

3. Auflage August 2010

Vollständig überarbeitete und erweiterte
Neuausgabe Januar 2006

Veröffentlicht im Rowohlt Taschenbuch Verlag GmbH,
Reinbek bei Hamburg, Januar 2001
Copyright © 2001, 2006 by Rowohlt Verlag GmbH,
Reinbek bei Hamburg
Lektorat Christiane Steen
Der Krimi wurde erstmals 1999 in der Reihe «Schwarze Hefte»
vom «Hamburger Abendblatt», Axel Springer AG, veröffentlicht.
Copyright © 1999 by Petra Oelker
Umschlaggestaltung any.way, Andreas Pufal
(Umschlagfoto: Fasseur/Domens/SUPERBILD Berlin)
Karte auf S. 5: Peter Palm, Berlin
Satz Plantin PostScript (InDesign)
bei Pinkuin Satz und Datentechnik, Berlin
Druck und Bindung Druckerei C. H. Beck, Nördlingen
Printed in Germany
ISBN 978 3 499 21346 5

1) DIE NACHT AM KANAL

«Scheiße.» David gab der Maus einen ärgerlichen Schubs, lehnte sich weit in seinem Stuhl zurück und starrte missmutig auf den Monitor. Schon wieder nach zwei Minuten totgeschossen.

«Blödes Spiel», murmelte er. Und: «Selbst schuld.» Er hatte es unbedingt haben wollen, alle fanden es große Klasse. Es hatte gedauert, bis Ulla es ihm gekauft hatte. Seine Mutter mochte keine Computerspiele. Jedenfalls keine wie dieses, aber andere, das hatte sie zugegeben, waren nur für Kleinkinder. Nicht für einen wie David, dem machte am Computer sonst so schnell keiner was vor. Immerhin war sie nicht wieder mit der Arie von ‹Lies-doch-mal-ein-Buch-oder-mach-was-mit-Freunden› gekommen. Das wäre auch sinnlos gewesen. Alle, alle waren verreist. Wenigstens alle, die David seine Freunde nannte oder mit denen er sich gerne getroffen hätte. In der Nachbarschaft kannte er noch niemanden. Er und Ulla, seine Mutter, waren erst vor wenigen Monaten in diesen Stadtteil gezogen, nach Hamburg-Winterhude. Die Wohnung im vierten Stock direkt unter dem Dachboden war enger als die andere, dafür, hatte Ulla gesagt, war die Aussicht aus dem vorderen

Zimmer und der Küche besser. Von dort sah man über die schmale Straße mit dem Namen Goldbekufer auf den Goldbekkanal (logisch!), an dessen jenseitigem Ufer unter großen Bäumen einige kleine Werften für Sportboote lagen. An dieser Seite des Kanals erstreckten sich zwischen Straße und Wasser handtuchschmale Schrebergärten.

‹Geradezu idyllisch›, hatte Ulla gesagt, ‹findest du nicht?›

David hatte genickt, obwohl er die Idylle ziemlich langweilig fand. Zum Glück hatte er nicht auch noch die Schule wechseln müssen, dafür musste er jetzt eine halbe Stunde früher aufstehen, weil der Weg länger war.

«Scheißspiel», sagte er und erschrak vor dem Klang seiner Stimme in der Stille der Wohnung. Er rollte den Schreibtischstuhl zurück, bis er den Radiowecker sehen konnte. Halb acht, sie musste bald kommen.

Er hatte sich auf die Herbstferien gefreut, klar, aber dabei nicht bedacht, wie endlos lang die Tage werden konnten, besonders wenn der Sommer vorbei und die Freibäder geschlossen waren. Eigentlich konnte ihm egal sein, wie das Spiel war, dann spielte er es eben nicht mehr. Andererseits, es war teuer gewesen, er wollte ihr nicht erklären, dass er es blöde fand. ‹Für die Herbstferien›, hatte sie gesagt, ‹damit du dich nicht langweilst.› Und dabei wieder diesen Blick gehabt, von dem er nie wusste, ob er schuldbewusst oder vorwurfsvoll war.

Das Telefon klingelte, und bevor er abnahm, wusste er schon, was nun kam. Er hatte Recht.

«David.» Sie redete gleich los, hastig und ein bisschen atemlos. Wer sie nicht kannte, würde glauben, sie sei einfach nur in Eile. David kannte seine Mutter genau. Sie war wütend.

«Es tut mir so Leid, aber es dauert hier *noch* länger. Lund ist plötzlich eingefallen, dass auch noch das Angebot für – ach, ist ja egal, was der Chef sagt. Jedenfalls muss heute noch was raus, und es wird später. David? Hörst du mir zu?»

Das fragte sie immer, wenn sie mal wieder so schnell redete, dass man nicht dazwischenkam. «Klar hör ich zu. Du kommst später. Kein Problem. Ich hab ja das Spiel. Das ist wirklich gut. Ich muss nur noch ein bisschen üben, dann ...»

«Wirklich? Na, wenn du es sagt. Dann üb schön. Um halb zehn bin ich zu Hause, spätestens um zehn. Und du gehst nicht mehr raus, nicht? Versprochen? David?! Versprochen?»

«Klar, versprochen. Es ist ja stockdunkel draußen, was soll ich da.»

«Ich weiß, dass ich mich auf dich verlassen kann. Ich dachte nur, falls du dich langweilst. Und mach dir was zu essen. Im Kühlschrank steht – aber das weißt du ja. David?»

«Ja?»

«Es tut mir Leid, dass das mit Hans nicht geklappt

hat. Am Wochenende machen wir was ganz Tolles. Überleg schon mal, worauf du Lust hast. Jetzt muss ich mich aber beeilen, sonst wird es noch später. In zwei Stunden bin ich da, höchstens in zwei. Tschüs, Liebling, bis nachher.»

Es machte ‹klack›, und der Hörer war tot. David steckte das Telefon in die Halterung und ging in die Küche. Am Wochenende! Heute war erst Montag. Ihm tat es gar nicht Leid, dass Tante Sybille sich beim Tennis den Fuß verstaucht und Onkel Hans ihm deshalb abgesagt hatte. Was sollte er in Frankfurt? Da kannte er keinen, und nur damit er in den Herbstferien verreisen konnte? Onkel Hans und Tante Sybille waren nicht gerade abendfüllend. Wahrscheinlich brauchten sie ihn sowieso nur als Babysitter für Timmi. Ferien mit einem Neunjährigen, der an ihm klebte wie ein angelutschter Drops – eine echte Traumvorstellung. ‹Sei nett zu ihm›, sagte Ulla immer, ‹er ist dein einziger Cousin.› Na und?

Außerdem hatte er überhaupt keine Lust, sich von Onkel Hans wieder wie in den Osterferien anzuhören, dass seine Schwester den falschen Mann geheiratet hatte. Er habe das ja gleich gewusst. Nun sei der Kerl weg, seit Jahren schon, zahle keinen Pfennig, und nicht mal 'ne Karte zum Geburtstag für seinen einzigen Sohn. Und Sybille hatte gesagt: ‹Sei doch still, Hans. Der Junge hat es schwer genug, du musst ihn nicht auch noch mit diesem Versager von Vater voll quatschen …›

David hatte tief Luft geholt, um zu protestieren, aber nur gefragt, ob er eine Cola haben könne, und dann hatten sie schnell von etwas anderem geredet.

Zumindest das mit der Karte stimmte nicht. Zum vorletzten Geburtstag war eine gekommen, drei Wochen zu spät, aber schließlich hatte sein Vater sie von Perth geschickt, von der australischen Westküste, das dauerte eben. ‹Noch ein oder zwei Jahre›, hatte er geschrieben, ‹dann habe ich es hier geschafft und schicke dir ein Flugticket.›

Ulla hatte die Lippen aufeinander gepresst und schließlich gesagt: ‹Mach dir nicht zu viele Hoffnungen. Dein Vater ist kein schlechter Mensch, wirklich nicht, er hat seine Qualitäten, und sicher hat er dich lieb, auf seine Weise. Aber, na ja, Verantwortung ist für ihn ein Fremdwort, und dass er mit seiner Malerei ausgerechnet in Australien Geld verdienen kann, ist nicht sehr wahrscheinlich.»

David hätte seinem Vater gerne geschrieben, aber auf der Karte stand keine Adresse. Er hätte sie auch gerne an seine Pinnwand gehängt, neben das alte Foto, aber irgendwie glaubte er nicht, dass es gut war, wenn Ulla sie jeden Tag sah. Deshalb lag die Karte jetzt in seiner Schreibtischschublade, ganz hinten. Er hatte sie schon lange nicht mehr angesehen. Nur an seinem letzten Geburtstag vor zwei Monaten, als keine Post kam. Zwei Monate. Vielleicht war er jetzt in der Antarktis, in einer Forschungsstation. Vielleicht brauchten sie dort

Maler, so wie früher Kolumbus oder Captain Cook, als sie ins Unbekannte gesegelt waren. Klar, die hatten Maler gebraucht, weil es damals noch keine Fotoapparate gegeben hatte, aber vielleicht – jedenfalls, in der Antarktis gab's nun mal keine Briefkästen, und die Post dauerte ewig.

Er warf einen Blick zu dem Foto, das halb verborgen zwischen Zetteln, anderen Fotos und Postkarten an der Pinnwand festgesteckt war. ‹Du wirst deinem Vater immer ähnlicher›, hatte Onkel Hans gesagt. David hatte nichts dagegen, und wahrscheinlich stimmte es: die gleichen dicken blonden Haare mit dem Wirbel links über der Stirn, die gerade schmale Nase, die graublauen Augen. Nur so braun gebrannt und windzerzaust, so abenteuerlustig sah David nicht aus.

«Noch nicht», murmelte er, «*noch* nicht!»

Australien oder eine Forschungsstation in der Eiswüste, das wäre es gewesen. Aber nach Frankfurt zu fahren hatte David wirklich keine Lust gehabt, auch wenn die dort einen noch so tollen Pool im Anbau hatten, beheizt und mit Sprudeldüsen, und im Wohnzimmer einen Fernseher halb so groß wie ein Fußballfeld.

Er öffnete den Kühlschrank, zog den Topf mit dem Nudelauflauf heraus und stellte ihn gleich wieder zurück. Die Tafel Nussschokolade von vorhin lag noch dick und fettig in seinem Magen.

Plötzlich erschien ihm die Wohnung eng und muffig. Ein eigenes Schwimmbad wäre wirklich cool und eine

Terrasse, auf der man in der Sonne frühstücken konnte mit einem großen Garten dahinter, so einen, wie hinter dem Haus von Mike. Mikes Eltern hatten ständig Gäste, vor allem im Sommer, Grillfeste oder stinkfeine Partys und den Garten voller Lampions. Manchmal, hatte Mike gesagt, wenn die Geschäftsfreunde von seinem Vater eingeladen waren, kamen auch Kellner. Die könne man mieten, hatte Mike gesagt, im schwarzen Jackett. Oder im roten, wahlweise. Mikes Eltern waren ganz nett, aber Ulla hatten sie noch nie eingeladen.

‹Macht nichts›, hatte sie neulich gesagt, ‹deren Gäste sind garantiert alle total aufgebrezelt, was sollte ich da anziehen?›

Ein durchdringendes Geräusch von draußen ließ ihn zusammenfahren. In der nachtschwarzen Fensterscheibe spiegelte sich die Küche, das müde Licht der Straßenlaternen am Goldbekufer war dahinter nicht mehr als ein Schemen. Er beugte sich vor, formte die Hände gegen das Licht der Küchenlampe zu einem Tunnel zwischen Schläfen und Fensterscheibe und starrte hinaus. Die Schwärze der Nacht war milchig geworden. Es war erst Mitte Oktober, aber schon seit Tagen kam mit der Nacht der Nebel. Wie in England, hatte Frau Ditteken aus dem ersten Stock gestern geschimpft. Die schimpfte allerdings über jedes Wetter, immer war es ihr zu kalt oder zu heiß, zu nass oder zu trocken. Nun eben zu nebelig.

Ein Auto rollte langsam vorbei, sicher auf der Suche

nach einem Parkplatz. Der Goldbekkanal hinter den schmalen Gärten am abfallenden Ufer war durch den Dunst kaum mehr zu erkennen. Ebenso wenig wie die kleinen Bootswerften, der Kiosk mit der Kanuvermietung und die alten Bäume am jenseitigen Ufer. Es waren nur die Graugänse gewesen. Manchmal flogen sie auch in der Nacht über den Kanal, dann schrien sie auf diese seltsam schrill krächzende Weise.

Er mochte ihr Geschrei nicht. Vor allem, wenn er allein in der Wohnung war. Er ging wieder zum Kühlschrank, nahm die Limo-Flasche raus und trank sie durstig halb leer. Durch die Wand zur Nachbarwohnung drang Musik. Humptahumptahumpta. Die Merricks guckten im Fernsehen ‹Die lustigen Volksmusikanten›. Manchmal sang Frau Merrick mit, heute nicht, das bedeutete, dass Herr Merrick zu Hause war. Keine Spätschicht heute. Die Merricks waren erst vor ein paar Monaten eingezogen und nicht gerade das, was man Traumnachbarn nennen würde. Frau Merrick huschte stets mit gesenktem Kopf durchs Treppenhaus, als sei ihr das eigentlich verboten. Wenn David ihr begegnete, murmelte sie irgendwas wie ‹Guten Tag› oder ‹Guten Abend›, richtig verstehen konnte man ihr Geflüster nie. David hätte nicht mal wirklich beschreiben können, wie sie aussah. Die Merrick gehörte zu den Leuten, die leicht übersehen oder gleich wieder vergessen wurden.

Herrn Merrick konnte man nicht übersehen. Er war überall quadratisch, sein Kopf, sein Brustkorb, seine

Hände, sogar seine Ohren schienen eckig anstatt rund oder oval. Nur sein Bauch war eindeutig rund. Kugelrund. Trotzdem sprang Merrick immer die Treppe rauf, als habe er Spiralfedern unter den Schuhen (eindeutig quadratisch). Was für einen Beruf er hatte, wusste David nicht. Es schien, als arbeite er ziemlich unregelmäßig und meistens nachts.

‹Ist doch klar›, hatte Ulla gesagt, die die neuen Nachbarn nicht besonders interessant fand, ‹der ist Nachtwächter. Oder Türsteher auf St. Pauli›, hatte sie dann noch gemurmelt, aber David hatte es genau verstanden. Türsteher auf St. Pauli war auf alle Fälle spannender als Nachtwächter in einer Fabrik oder einem leeren Bürohaus.

David trottete zurück in sein Zimmer und setzte sich wieder vor den Computer. ‹Üb schön›, hatte sie gesagt. Wie bei Mathehausaufgaben. Dieses Spiel erschien ihm kaum besser, aber so schnell ließ er sich nicht austricksen, schon gar nicht von einem Haufen Elektronik. Nicht dass Ehrgeiz zu seinen hervorstechendsten Eigenschaften zählte, aber aufgeben kam für ihn nicht in Frage. Jedenfalls nicht so schnell.

So doof, wie er zuerst gedacht hatte, war das Spiel doch nicht. Als er das nächste Mal auf die Uhr sah, war es zehn nach neun. Der Nebel vor dem Fenster war noch dicker geworden. Sie würde nun bald kommen, mit raschen kurzen Schritten die Treppe heraufeilen, die Tür aufschließen, und während sie noch den Schlüssel aus dem Schloss zog, rufen: ‹Ich bin da!! Mensch, war das ein Tag! Hast du was gegessen? Mensch, bin ich froh, dass ich endlich da bin. Hast du deine Schularbeiten gemacht?›

Nein, das Letzte nicht, sie würde nicht vergessen haben, dass Ferien waren. Immer das Gleiche, immer mit der gleichen gehetzten schrecklich munteren Stimme. Schon wenn er ihre Schritte auf der Treppe hörte, spürte er, wie sich seine Schultern hochzogen. Vor diesem Schwall von hektischer Munterkeit. Warum machte sie das? Warum tat sie so, als wär alles toll und ihr Job die reine Freude? Als wär's das Größte, in zweieinhalb Zimmer, Kücheduscheklo zurückzukommen.

Vielleicht machte sie deshalb Überstunden. Im Büro war einfach mehr los als hier.

Geh nicht mehr raus, David. ‹Klar›, hatte er gesagt, und: ‹Versprochen.› Andererseits: Nur einmal die Straße runter, über die Moorfurthbrücke und am anderen Ufer des Kanals entlang, über die andere Brücke (er wusste noch nicht, wie sie hieß) bei der vierspurigen Barmbeker Straße und wieder zurück – das dauerte höchstens zwanzig Minuten, wenn er sich beeilte nur eine Viertelstunde. Sie würde es nicht erfahren. Und wenn doch? Wenn sie ausgerechnet heute früher kam? Dann sah sie auch mal, wie es war, wenn keiner zu Hause wartete.

Als er die Tür ins Schloss zog und die Treppe hinunterrannte, ging im ersten Stock eine Tür auf. Frau

Ditteken steckte die Nase durch den Spalt über der Türkette, anderthalb Meter tiefer versuchte sich Kuno, eine braune Mischung aus Dackel und Rollwurst, knurrend in den Flur zu drängen. Zum Glück war er zu fett.

«Ach, du bist es, David. Ich dachte, es ist mein Kevin. So spät noch nach draußen? Ich weiß ja nicht. Wenn ich deine Mutter wäre …»

«'n Abend», nuschelte David, murmelte noch etwas wie: «Nur schnell einen Brief zum Kasten bringen», und war schon im Erdgeschoss verschwunden. Als die Haustür hinter ihm ins Schloss fiel, atmete er auf.

‹Wenn ich deine Mutter wäre.› David schüttelte sich, kroch tiefer in seine Jacke und lief die Straße hinunter. Er kannte Kevin nur flüchtig vom Sehen, er arbeitete in einer Bank in der City, trug teure Klamotten und fuhr ein nagelneues Auto. Frau Dittekens Sohn war schon lange ausgezogen, was Frau Ditteken nicht verstand, wo er bei ihr ein so schönes Zimmer hatte, Essen, Wäsche und alles umsonst. David grinste, er konnte Kevin gut verstehen. Wenn die Ditteken seine Mutter wäre – dagegen hatte er mit Ulla wirklich Glück gehabt, obwohl sie manchmal so spät nach Hause kam. Plötzlich hatte er es sehr eilig. Er wollte unbedingt zurück sein, bevor sie kam.

Der Nebel stand wie wässerige Milchsuppe in den Straßen und über dem Kanal, verschluckte die Geräusche der Stadt und machte alles grau. David ging langsamer, er sah zum Himmel hinauf und fühlte sich wie in einem Aquarium. Die feuchte Kälte kroch in seine Ärmel und legte sich um seinen Hals. Er schloss die Jacke bis zum Kinn, steckte fröstelnd die Fäuste in die Taschen und ging rasch weiter.

Die milchig graue Düsternis war unheimlicher als die schwärzeste Nacht, und obwohl die Stadt doch voller Menschen war, schien sie wie ausgestorben. Nicht mal an der Bushaltestelle gegenüber dem Kulturzentrum mit dem Biergarten stand jemand. Sicher war der 25er gerade durch. Auf der Moorfurthbrücke blieb er stehen und sah auf den Goldbekkanal hinunter. Der war alles andere als golden, nämlich pechschwarz, über dem Wasser war der Nebel nicht so dicht, sondern waberte in Schwaden. Wie in einem dieser Sience-Fiction-Filme, in denen eine klebrige außerirdische Lebensform durchs All geschwebt kam und das Raumschiff der Guten bedrohte. Aber hier gab's keine Aliens, hier trödelten nur ein paar schläfrige Enten am Ufer herum.

Hinter der Brücke bog er in einen Fußweg, der erst direkt am Kanal entlang, dann vorbei an den kleinen Werften und weiter zwischen den hohen Hecken der Schrebergärten bis zur Barmbeker Straße führte. An Sommertagen glich der Weg unter den hohen Bäumen und dem darunter wachsenden Gebüsch einem lichten grünen Tunnel, dann war er Spazierweg für alte Damen mit dicken Hunden, für Mütter mit Kinderwagen, ein paar Radfahrer und Jogger. Jetzt war er nur ein düsteres Loch. Er könnte einfach zurückgehen, die Treppe raufrennen, den Auflauf heiß machen, Tee kochen. Sie würde hungrig sein, und Tee fand sie immer gut. Könnte er machen, ganz einfach. Hastig tauchte er in die Dunkelheit ein.

Er hatte keine Angst. Er ging nur so schnell, weil ihn fror. Da wo die Werftgrundstücke begannen, knickte der Weg scharf nach links ab, dann noch einmal nach rechts, und nun lag er ein paar Meter gerade vor ihm, bis er von der Nebelnacht verschluckt wurde. Links zuerst eine von schon herbstlich dünnem Grün überwucherte Mauer, dann die Baustelle für den neuen Wohnblock und Gebüsch, auf der rechten Seite die kleinen Bootswerften. Der Nebel erschien hier nicht ganz so dick, vielleicht hatten sich seine Augen nur an die Dunkelheit gewöhnt.

Von den Werften war von dieser Seite aus nicht viel zu sehen: die Stirnseiten der flachen Gebäude, von dichtem Gebüsch und alten Bäumen überragt, die durch mehr als mannshohe Tore fest verschlossenen Ausfahrten. Nur bei der zweiten Werft schimmerte ein Licht hinter dem Tor. Ein mattes Licht, sicher keins, bei dem die Bootsbauer arbeiten konnten. Arbeiteten die überhaupt so spät noch? Müsste man dann nicht etwas hören? Bohrer, Fräsen, irgendwas. Sicher gab es dort auch ein Büro, überlegte David, ein Büro, in dem wie in Ullas Überstunden gemacht wurden.

Er wollte gerade eine platt getretene Bierdose wegkicken, als er die Stimmen hörte. Männerstimmen, erst eine, dann eine zweite, nicht laut, aber doch heftig, wie schon gesagt, der Nebel dämpfte alle Geräusche. Er hatte nun das letzte der Werftgrundstücke mit dem Tor zur Bootsvermietung erreicht, da gab es im Sommer auch ein kleines Café direkt am Kanal, Kübi's Bootshaus, jetzt war es schon für den Winter geschlossen. Auch sonst war dort alles dunkel. Daher konnten die Stimmen also nicht kommen. Geh nach Hause, David, hörte er die Stimme seiner Mutter, aber natürlich waren es nur diese verfluchten Gedanken in seinem Kopf, die immer auftauchten, wenn er etwas tat, was er nicht tun sollte. Klar, dachte er, gleich, und schlich weiter an der Hecke entlang.

Jetzt hörte er nur eine Stimme, sie klang näher, aber dafür redete der Mann leiser. Es war doch eine Männerstimme? Sie kam nicht von den Werften, auch nicht von einem der Balkone des Mietshauses, das hier fast bis an den Weg reichte; sie kam von den Bänken unter der Weide, von dem Grasstreifen hinter den uralten Bäumen zwischen dem Ende des letzten Werftgrundstücks und den Schreberparzellen vom ‹Kleingartenverein Goldbek›. Es war die einzige Stelle, an der man ans Kanalufer konnte. Nun wurden die Stimmen wieder heftig, redeten beide gleichzeitig, sie klangen aufgeregt, aber trotzdem nur wie heftiges Geflüster. David verstand nur Satzfetzen. ‹Damit kommst du nicht durch. Wenn ich …›

Das nächste Wort klang wie ‹anpacken› oder ‹auspacken›, aber es wurde von einem harten Auflachen übertönt. Dann wieder die andere Stimme, doch so sehr David sich bemühte, er verstand immer nur einige stärker betonte Worte: ‹... glaubst wohl ... alles kriegen ... nicht abgesprochen ... nie!›

Mike hatte erzählt, auf den Bänken unter der Weide träfen sich Junkies mit ihren Dealern. Er war zwei Jahre älter als David und ging abends ziemlich oft raus, aber David hatte ihm das nicht geglaubt.

‹In unserem Stadtteil?? Hier in Winterhude ist doch nichts los›, hatte er gesagt, aber Mike hatte gesagt: ‹Das glaubst du, weil du keine Ahnung hast, Kleiner.›

David hasste es, wenn Mike ihn Kleiner nannte, aber wahrscheinlich tat er das nur, weil er als Sitzenbleiber in die gleiche Klasse ging wie David und sich dafür schämte.

Mike hatte auch noch von Typen mit Kampfhunden erzählt, David war nicht ganz klar gewesen, ob er mit ‹Typen› diese Dealer oder noch andere Männer meinte. Egal, wenn er jetzt an der kleinen Wiese vorbeiging, würden die Hunde ihn womöglich riechen, würden angeflitzt kommen und über ihn herfallen. Er drückte sich fest in die Hecke und hielt den Atem an. Hau ab, Idiot, raunte es in seinem Kopf, hau endlich ab nach Hause!

«Verdammt, Harry», hörte er nun eine wütende Stimme, und dann die andere: «Ja, verdammt ... bist du verrückt?! Wenn du glaubst ...»

Ein kurzes, dumpfes Geräusch, dann war es still.

David hielt den Atem an. Er wollte wegrennen, doch jetzt war es zu spät. *Hund zerfleischt Jungen*, würde in der Zeitung stehen.

«Harry! O shit.»

Das ‹shit› klang ganz nah. David hörte schnelle Schritte, er presste sich noch tiefer in die Hecke, ein scharfer Ast drückte sich in seine linke Schulter, aber das spürte er kaum. Eine hoch gewachsene Gestalt in einer hellen Jacke, so eine mit vielen Taschen, die nach Safari oder Angelausflug aussah, trat zwischen den Bäumen hervor und auf den Weg, sah kurz nach links und nach rechts und verschwand mit langen, fast rennenden Schritten im Durchgang zum Poßmoorweg. Ein Wunder, dass er David nicht gesehen hatte. Aus einer der Wohnungen in den Mietshäusern hinter den Hecken erhob sich Gebrüll: «Tortortortor!» Und: «Lilli, bring noch Bier mit. Was für ein Elfmeter!» Auf der Barmbeker Straße ließ irgendein Fußballfan am Autoradio triumphierend seine Hupe aufjaulen.

Davids Herz hämmerte mit Volldampf – was war gegen das hier so ein blödes Computerspiel? Gleich musste der andere kommen, er wollte nur noch sehen, was das für ein Typ war. Er lauschte angestrengt. Als sich nichts regte, löste er sich vorsichtig aus der Hecke.

Es waren nur ein paar Meter bis zu den Bänken bei der Weide am Ufer. Immer noch waberte milchiger Dunst vom Wasser auf, da schob sich der Mond, nur ein blasser, nebelverhangener Fleck, hinter einer Wolke hervor, und Ulla sagte später, der verdammte Nebelmond sei Schuld gewesen. Jedenfalls fiel dieses komische Licht auf den Wiesenstreifen hinter den Bäumen. Es sah ein bisschen aus wie bei E.T., als das Raumschiff kam, aber da war nicht E.T. Da war, das konnte David genau sehen, ein Mann. Er saß auf der Erde, den Rücken gegen die Bank gelehnt, ein bisschen schief, gesund sah das nicht aus.

Hau ab, raunte die innere Stimme entschiedener, hau endlich ab.

Aber wenn der krank war? Oder ohnmächtig? Vielleicht brauchte er Hilfe. Nach einem Streit bekamen Erwachsene schon mal einen Herzanfall, da stand neulich was in der Zeitung, auch darüber, dass meistens keiner half.

Von nahem sah der Mann auch nicht gesünder aus, obwohl das Gesicht im Schatten nicht gut zu erkennen war.

«Hallo», sagte David. «Hallo, ist Ihnen schlecht?» Warum flüsterte er eigentlich?

Der Mann antwortete nicht – jedenfalls nicht richtig, David glaubte so etwas wie «Pffff» zu hören, der Körper rutschte langsam zur Seite, neigte sich, bis Schulter und Kopf das Gras berührten – und David begann zu laufen.

Er rannte den kurzen Pfad zum Weg zurück. Vielleicht war doch noch jemand in der Werft und rief einen Krankenwagen. Da, wo das Licht brannte, vielleicht ...

Fünf Schritte weiter, und er hätte den Mann umgerannt. Aber David blieb wie angenagelt stehen. Er erkannte ihn sofort, diese helle Jacke, so eine mit vielen Taschen, wie für Safaris. Oder für Angler. Scheißegal. Und der Mann sah David. Blieb abrupt stehen. Versperrte den Weg zu den Werftschuppen. Und starrte ihn an.

David überlegte nicht, keine Sekunde, er rannte. Rannte, wie er noch nie in seinem Leben gerannt war. Rannte unter den Bäumen durch und stürzte in die Heckenschlucht zwischen den Schrebergärten, rannte und hörte die Schritte hinter sich, Schritte, die immer schneller wurden.

«Bleib stehen!», rief eine unterdrückte Stimme. «So bleib doch stehen.»

David rannte, als gelte es sein Leben, als spüre er den fremden Atem schon im Nacken, den Griff der Faust an seinem Arm.

Straßenlaternen. Endlich.

Das war die Barmbeker Straße. Bremsen kreischten, eine Hupe jaulte zornig auf, und dann war er auf der anderen Seite. Weiter. Weiter auf dem Weg durch die kleine Grünanlage zwischen dem Hochhaus und der Sportlerkneipe, ohne zu denken, wie ein Hase, aber mit immer schwereren Füßen, keuchend, mit immer weniger Luft. Schweiß rann ihm den Rücken hinab. Wieder ein Licht. Blau und weiß. Die Polizeiwache am Wiesendamm. Erst jetzt merkte er, dass keine Schritte mehr hinter ihm waren. Keine Schritte, kein Mann in einer hellen Jacke. Niemand. Selbst der Mond war wieder hinter Nebel und Wolken verschwunden.

Ulla Bauer zündete sich gerade die vierte Zigarette an, als das Telefon klingelte. Das schrille Läuten ließ sie zusammenfahren, das brennende Streichholz fiel mit verlöschender Flamme zu Boden, und bevor das zweite Klingeln durch die Wohnung dröhnte, hatte sie schon den Apparat aus der Halterung gerissen.

Ja. Ja, natürlich sei sie Frau Bauer. «Wie? O mein Gott», rief sie und: «Gott sei Dank. Ich bin gleich da. In vier Minuten. In drei!»

Zum zweiten Mal an diesem Abend hörte Frau Ditteken eilige Schritte auf der Treppe, aber bevor sie die Tür öffnen und der Nachbarin aus dem vierten Stock sagen konnte, dass es gar nicht gut sei, wenn Jungens in Davids Alter so spät nachts draußen rumliefen, war Ulla Bauer schon verschwunden. Die Haustür rumste ins Schloss, und als Frau Ditteken ihr Küchenfenster erreichte, sah sie Davids Mutter gerade noch mit wehendem Mantel die Straße hinunterlaufen und im Dunst verschwinden.

Und zum zweiten Mal an diesem Abend stürzte jemand völlig außer Atem in die Polizeiwache am Wiesendamm. Anders als ihr Sohn eine Stunde früher interessierte sich Ulla Bauer nicht im mindesten für die Polizisten hinter dem hohen Tresen. Sie sah nur David auf der Bank neben der Tür und erdrückte ihn fast mit ihrer Umarmung.

«Ist ja gut, Mama.» David wand sich unbehaglich aus der Umklammerung. «Mir ist nichts passiert. Da war nur dieser Mann. Und der andere. Dann bin ich weggerannt, und der eine ist mir nachgerannt. Der andere nämlich. Aber ich war schneller. Die waren *wirklich* da, aber das glaubt mir hier keiner.»

Er warf einen wütenden Blick zu den vier Polizisten, die sich hinter dem Tresen aufgebaut hatten und nachsichtig grinsend auf Mutter und Sohn hinuntersahen. «Die glauben mir nicht», fuhr er leiser fort, «die denken, ich hab mir das ausgedacht. Hab ich aber nicht. Ich ...»

«Moment, David. Eins nach dem anderen. Eigentlich möchte ich zu allererst wissen, wieso du um diese Zeit überhaupt draußen warst. Ich bin fast gestorben vor Angst. Aber darüber unterhalten wir uns besser später. Ich bin Ulla Bauer», wandte sie sich an die immer noch grinsenden Männer. «Davids Mutter. Sie haben mich angerufen. Was ist passiert?»

«Tja», sagte einer der Männer und machte ein amtliches Gesicht, «wenn ich erst mal Ihren Ausweis sehen könnte?»

Während zwei der anderen sich wieder an ihre Schreibtische verzogen und einer durch eine Tür in ein

Hinterzimmer verschwand, betrachtete der Polizist am Tresen Ullas Ausweis, nickte, und schob ihn wieder zurück.

«Tja», sagte er wieder, «Ihr Sohn kam hier vor –», er warf einen Blick auf seine Uhr, «vor 39 Minuten rein und hat uns da eine Geschichte aufgetischt ...»

Die Geschichte, die er nun erzählte, war genau die, die David ihm erzählt hatte. Wie er den Streit gehört hatte, nicht richtig, nur ein paar Wortfetzen, wie dann einer schnell weggegangen war und er den Mann bei der Bank gefunden hatte. Wie er losgerannt war, um Hilfe zu holen, wie er dem anderen begegnet und weggelaufen war.

«Und der», schloss der Polizist, «der soll ihn dann verfolgt haben. Ja, verfolgt.» So wie der Polizist das erzählte, klang es absolut lächerlich.

«Es ist wahr», rief David wütend, weil er merkte, dass er gleich anfangen würde zu heulen wie ein Kleinkind, und das war das Letzte, was er denen bieten wollte. «Das hat der. Ich hab ihn gesehen, und dann hab ich genau gehört, wie er hinter mir hergerannt ist, aber dann war da die Barmbeker Straße, ich bin rübergerannt, und ...»

«Ist ja gut, Junge. Das werden wir alles klären. Ganz in Ruhe. Sagen Sie mal, Frau, äh ...», er nahm den Ausweis vom Tresen, sah ihn an und legte ihn wieder hin, «Frau Bauer, ja, sagen Sie mal: Wieso ist Ihr Sohn eigentlich mitten in der Nacht alleine am Kanal? Er hat gesagt, sie seien noch im Büro. Na gut. Aber, sagen Sie mal, lassen Sie ihn oft alleine?»

«Jetzt sagen *Sie* mal!» Ulla erhob sich mit einem Ruck, baute sich vor dem Tresen auf, und David kroch tiefer in seine Jacke. Er kannte diesen Ton, musste sie ihn ausgerechnet jetzt anschlagen, vor der Polizei?

«Jetzt sagen *Sie* mal, was Sie das angeht? Mein Sohn ist normalerweise nie abends alleine. Und wenn ich mal Überstunden machen muss, dann ist das eben so. Wenn Sie uns unterstellen wollen, dass er sich nachts draußen rumtreibt, dann irren Sie sich, so was tut mein Sohn nicht.»

«Ist ja gut.» Der Polizist hob abwehrend beide Hände. «War nur 'ne Frage. Jeder erzieht sein Kind, wie er will. Er hat keinen Vater, sagt David?»

«Das geht Sie nun am allerwenigsten an. Im Übrigen hat jeder Mensch einen Vater. Aber wenn …»

«Mama, bitte.» David stand auf und stellte sich ganz nah neben seine Mutter. «Können wir jetzt gehen?»

«Gleich, David. So, Herr Wie-immer-Sie-auch-heißen, das ist jetzt geklärt. Ich musste heute länger arbeiten, und David war *ausnahmsweise* allein. Okay, dass er so spät noch rausgegangen ist, war nicht gut, aber das war *auch* nur ausnahmsweise und ist gewiss kein Fall für die Polizei. Er geht ja nicht mehr in den Kindergarten. Und jetzt möchte ich wissen, warum Sie denken, mein Sohn lügt.»

David schloss die Augen. Nichts wäre ihm lieber gewesen, als im Boden zu versinken. Er hasste es, wenn seine Mutter sich so aufplusterte. Besonders vor Fremden.

«Tja, Frau Bauer.» Der Polizist stützte die Unterarme auf den Tresen, lehnte sich ein bisschen vor und machte ein väterliches Gesicht. «Lügen ist so ein hässliches Wort. Also, Jungens in dem Alter, die sehen viel Fernsehen. Vor allem wenn sie abends oft, ich meine, *ab und zu* allein zu Hause sind, nicht? Da kommen sie schon mal auf dumme Gedanken. Erfinden so Geschichten, damit ihnen einer zuhört. Ist ja nichts Schlimmes. Schlimm wird's erst, wenn sie anfangen zu zündeln. Ich würde trotzdem mal drüber nachdenken. Als Mutter.»

«Vielen Dank für Ihren Rat. Wirklich, vielen Dank. Ich möchte aber immer noch wissen, warum Sie meinem Sohn nicht glauben. Er weiß genau, was er sagt, er ist schließlich kein Kleinkind.»

Der Polizist seufzte, und dann sagte er schon wieder «Tja». Das musste sein Lieblingswort sein, obwohl es gar kein richtiges Wort war. «Tja, er kam hier rein, und das muss ich schon sagen, ausgesehen hat er, als wäre nicht nur einer hinter ihm her, sondern eine ganze Meute.» Natürlich habe er gleich den Streifenwagen zu diesen Bänken zwischen den Bootswerften und den Schrebergärten geschickt.

Da hatte tatsächlich ein Mann gesessen. Allerdings nicht neben, sondern auf der Bank. Auch nicht krank oder ohnmächtig oder gar tot. Nur total betrunken. Auch hatte er nicht der Beschreibung entsprochen, die David gegeben hatte. Schon gar keine Jacke wie für eine Safari hatte der angehabt.

«Die hatte doch der andere an, der hinter mir hergelaufen ist», rief David.

«Der da saß», erklärte der Polizist unbeeindruckt weiter, «ist ein alter Bekannter von uns. Den haben wir schon öfter in kalten Nächten aufgesammelt und nach Hause gebracht. Immer zu viel Bier, tja, und Jägermeister.»

«Aber die Jacke hatte doch der andere an, der, der zurückgekommen ist», rief David noch einmal. «Der hat den bestimmt weggebracht, den anderen neben der Bank, mit dem er gestritten hatte, ich meine, den ich da gesehen habe.»

Ulla legte den Arm um Davids Schultern und hielt ihn fest. Sie musste ihren Sohn nicht ansehen, um zu wissen, dass er mit den Tränen kämpfte. Da ging es ihm kaum anders als ihr. Allerdings aus ganz anderen Gründen.

«Der andere. Tja. Aber da war kein anderer. Leider, David. Oder auch zum Glück.» Der Polizist klang plötzlich ganz milde. «Manchmal sieht man Sachen, David, die tatsächlich gar nicht so sind. So was ist mir auch schon passiert. Besonders in Nächten wie heute, nebelig und Vollmond. Komisches Licht, da kann man seltsame Gespenster sehen. Wenn man Phantasie hat. Und die Trauerweiden da, die sind auch unheimlich in so einer Nacht.» Er sah Ulla freundlich an und schob ihr den Ausweis zu. «Jetzt gehen Sie mal heim. Ein Becher Kakao ist immer gut nach so 'ner aufregenden Sache.»

«Frau Bauer», rief er ihnen noch nach, als Ulla David schon aus der Tür schob, «passen Sie gut auf ihn auf. In dieser Ecke am Kanal treibt sich abends manchmal Gesindel rum. Sie wissen schon. Ihr Junge ist jetzt in so 'nem Alter – also, wenn ich Sie wäre, würde ich mal mit dem Vertrauenslehrer an seiner Schule sprechen. Und vielleicht machen Sie einfach ein bisschen weniger Überstunden. Karriere ist ja nicht alles, nicht?»

2) DAS IST DER BEWEIS

Am nächsten Morgen stand David auf der Brücke und guckte hinunter aufs Wasser. Der Nebel war verschwunden, doch obwohl hinter den Wolken die Sonne zu lauern schien, war es immer noch trübe und dunstig. Gestern in der Nacht hatte der Kanal ganz anders ausgesehen. Das Wasser war auch jetzt schwarz, eigentlich mehr braunschwarz, aber der Kanal mit dem noch üppigen Laub an den Ufern sah absolut nicht unheimlich, sondern schön aus. Enten schaukelten friedlich auf dem Wasser oder gründelten nahe dem linken Ufer. Auf der rechten Seite, direkt vor Frau Dittekens Garten, schwammen zwei Schwäne.

Der Garten war leicht an dem hölzernen Anleger zu erkennen. Als Kevin klein war, hatte Frau Ditteken mal erzählt, habe er dort im Sommer immer mit seinem Gummiboot abgelegt. Heute gäb's ja solche Sommer nicht mehr, nur noch Regen, aber da hatte David seine Ohren schon auf Durchzug gestellt. Zum ersten Mal fand er die Vorstellung, einen Garten mit so einem Anleger zu haben, ganz gut. Selbst wenn der Garten nicht viel breiter als ein Bettlaken und zwischen der Straße und dem Kanal eingezwängt war.

Im Laub der Büsche und Bäume an den Ufern, einige waren allerdings schon ziemlich kahl, schimmerte es gelb, hellbraun und rot. In den Gärten an der rechten Seite blühten noch Astern, widerstanden als weiße und violette Farbtupfer dem grauen Tag. Ein Paddler kam unter der Brücke hervor und glitt geräuschlos durch das Wasser Richtung Barmbek. Es sah wirklich schön aus, leicht und schnittig. Vielleicht war der Umzug nach Winterhude doch keine so schlechte Idee gewesen.

Als Ulla ihm vorgeschlagen hatte, er solle Mitglied in einem Ruderclub werden, hatte er nur abwehrend mit den Schultern gezuckt. Rudern! Alle im gleichen Takt und am Wochenende ganz früh aufstehen und bei jedem Wetter raus aufs Wasser? Toll. Andererseits – vielleicht doch, im nächsten Sommer. Nicht gerade Rudern, aber Kajakfahren sah nicht schlecht aus.

Endlich gab er sich selbst einen Ruck. Wenn man sich was vornahm, wovor man eigentlich ein bisschen Schiss hatte, wurde es durch Trödeln nicht besser. Er stellte den Kragen seiner Jacke auf, schob die Fäuste tief in die Taschen und bog in den Uferweg ein.

Die Tore der Werften waren auch jetzt verschlossen, doch nun hörte er immerhin Geräusche: Stimmen, schrille Töne irgendeiner Maschine, jemand lachte. Im Durchgang zum Poßmoorweg gegenüber dem letzten Werftgrundstück mit der Kanuvermietung und dem Kiosk an der Kanalseite stand ein Auto mit einem Bootsanhänger. Der Fahrer war nicht zu sehen. Wenn er nun der war, der gestern Abend – Quatsch. Was sollte der hier? Noch dazu mit einem Anhänger? Das Auto gehörte einem der Leute von den Werften. Ganz klar: Bootsbauer brauchen Bootsanhänger.

Bevor David in den Pfad zu den Bänken am Kanal einbog, sah er sich noch einmal um. Weit und breit war niemand, nicht mal einer, der seinen Hund ausführte. Sonst gingen hier ständig Leute mit ihren Hunden spazieren – er ertappte sich bei dem Gedanken, dass er nicht mal was dagegen gehabt hätte, wenn jetzt die Ditteken mit Kuno um die Ecke böge. Aber kein Mensch war da. Auch kein Hund oder eine dieser krächzenden Gänse, die hier gerne rumwatschelten.

Er atmete tief aus, blieb stehen und sah über das struppige Rasenstück zum Kanal hinunter. Da stand die Bank, nah am Ufer, und direkt am Wasser die riesige Trauerweide, ihre Äste tauchten tief ein, wie ein Vorhang. Wenn man mit einem Boot angepaddelt kam und unter den Ästen Halt machte, konnte einen von den Gärten und der Straße am anderen Ufer garantiert niemand sehen.

Er stand da und guckte. Als wären seine Füße angewachsen. Alles sah so normal aus. Ganz anders als am vergangenen Abend. Wenn nun doch alles ein Irrtum gewesen war? Wenn der Polizist recht gehabt und er einfach zu viel Krimis im Fernsehen geguckt hatte? Vielleicht war er ein bisschen verrückt geworden vor Ferienlangeweile oder von dem Computerspiel zum

Beispiel. Man hörte doch ständig, dass diese Spiele aggressive Albträume brachten. Aber er hatte ja nicht geschlafen, oder?

Es stimmte, manchmal sah er etwas, das gar nicht da war. Genau genommen war es nur zweimal passiert und eine Verwechslung gewesen, weil die beiden Männer von hinten wirklich genauso ausgesehen hatten wie sein Vater. Obwohl, wenn er ganz ehrlich war, erinnerte er sich nicht mehr genau, wie sein Vater aussah. Sechs Jahre sind eine lange Zeit, und sicher sah er heute anders aus als auf den alten Fotos. Jedenfalls war es ziemlich peinlich gewesen, als er den wildfremden Männern nachgerannt war.

Gestern hatte er Ulla die ganze Geschichte mit den Männer am Kanal nochmal erzählen müssen, von vorne bis hinten, und sie hatte sich sogar verkniffen, wieder zu fragen, wieso er überhaupt draußen gewesen war. (Das würde noch kommen, garantiert.) Sie war überhaupt nicht mehr wütend gewesen, nur besorgt, was allerdings fast noch schlimmer war. Als er mit ihr in der Küche saß, der Kakao seinen Bauch und seine Seele wärmte, war ihm die ganze Sache selbst ein bisschen komisch vorgekommen.

Er zählte seine Schritte bis zum Wasser: dreiundfünfzig. Ganz gut geschätzt. Jetzt sah er die beiden Bänke. Die linke bestand nur noch aus den Betonstreben, Sitz und Lehne fehlten. Da hatte der Mann gestern Abend gesessen, auf dem Boden gegen die eine

Strebe gelehnt. Jetzt war David wieder ganz sicher: Der hatte da gesessen. Ob ihm einer glaubte oder nicht. Ein schrilles Klingeln ließ ihn herumfahren und sein Herz fast wieder so rattern wie gestern Abend, als er in der Hecke gestanden und gelauscht hatte. Auf dem Weg fuhr nur ein Radfahrer vorbei, den Kopf tief gegen die feuchte Luft gesenkt, dann kam ein alter Mann mit einem Pudel, sah flüchtig zu David herüber und ging weiter. Plötzlich, als habe der Radfahrer mit seinem Geklingel einen Schalter umgelegt, war es mit der beklemmenden Stille vorbei. Wieder kreischte irgendwo eine Maschine, am Goldbekufer, auf der anderen Seite des Kanals, dort, wo er wohnte, leerten die Müllmänner lärmend die Tonnen in ihren Wagen, und von der Kindertagesstätte weiter den Weg hinunter gegenüber den Schrebergärten klang wütendes Kindergebrüll.

Sein Herz klopfte wieder normal, und er hockte sich auf die Seitenstrebe der Bank ohne Bretter, die war aus rauem Beton und feucht, doch das spürte er nicht. Warum glaubte ihm bloß keiner? Ob sie ihm geglaubt hätten, wenn da nicht diese blöde Saufnase gehockt hätte? So dachten alle, er habe *den* gesehen und sich den Rest zusammengesponnen.

Aber wenn er etwas fand, irgendetwas? In den Krimis fanden sie doch immer was. Spurensicherung hieß das. Natürlich hatten sie keine geschickt gestern Nacht. Es waren ja keine Spuren zu sichern, wenn da nur der

Besoffene war. Wenn er jetzt etwas fand, mussten sie ihm glauben.

Er ging in die Hocke und begann den Boden um die Bank abzusuchen. Ein paar Kippen, schon ganz matschig, und Kronenkorken, drei kleine Jägermeisterflaschen, eine leere Lakritz-Tüte, ein klebriger Klumpen, der aussah wie ein Rest von diesen falschen Knochen, die Frau Ditteken Kuno zum Kauen gab, damit ihm seine Zähne nicht ausfielen. Er kroch weiter bis zum Rand des Gebüsches, doch da fand er nur eine leere Spritze. An allen anderen Tagen hätte er sie sicher als hochinteressantes Objekt betrachtet, heute schnippte er sie nur ärgerlich ins Gebüsch. Schließlich fand er noch einen toten Maulwurf, der auch nicht mehr ganz frisch aussah. Er schob mit dem Fuß ein bisschen Erde über die kleine Leiche und setzte sich wieder auf die Bankruine.

An der oberen Ecke der anderen Strebe, da, wo die Kante ganz hart und schartig war, entdeckte er einen dunklen Fleck. Blut? Garantiert Blut. Das war doch was, jetzt mussten sie ihm glauben. Leider hatte der Polizist gesagt, die Saufnase hätte eine blutige Schramme am Kopf gehabt, sei wohl auf dem Weg mal gestolpert. Also selbst wenn das wirklich Blut war, nützte es auch nichts.

Da sah er ihn. Er lag unter der Bank – jedenfalls wenn da Sitzbohlen gewesen wären, wäre es unter der Bank gewesen – nahe an der Strebe mit dem Blutfleck im Gras. Er kniff die Augen zusammen und beugte sich tiefer hinunter. Das war ein Manschettenknopf. Sah aus wie echtes Gold mit was Glitzerndem drauf. Jedenfalls nicht wie etwas, das einer am Ärmel trägt, der sich von Bier und Jägermeister ernährt. Überhaupt kannte er niemanden, der so was Altmodisches (oder Teures) wie Manschettenknöpfe trug. Außer Onkel Hans zu Weihnachten. ‹Fingerabdrücke›, dachte er, ‹da sind bestimmt Fingerabdrücke drauf.› Hastig zog er ein Tempotaschentuch aus der Jacke, legte es über seinen Fund und hob ihn vorsichtig mit dem Papier auf.

«Na, Junge? Mal wieder unterwegs?»

Die Stimme war direkt über seinem Kopf, sein Atem stockte, seine Hand krampfte sich um den Manschettenknopf, und während er noch den Schlag erwartete, schob sich eine spitze Schnauze in sein Gesichtsfeld, die Oberlippe über die Vorderzähne gezogen, als habe sie gerade in eine Zitrone gebissen. Schwarze Knopfaugen starrten ihn böse an. Kuno.

«Frau Ditteken», stotterte David. Immer noch steif vor Schreck richtete er sich auf.

«Na? Haben wir dich erschreckt? Mein Kuno und ich? Ein gutes Gewissen ist das beste Ruhekissen. Das war aber ein weiter Weg gestern Abend bis zum Briefkasten. Na, mich geht das ja zum Glück nichts an. Aber wenn du mein Sohn wärst, würde ich dich nicht hier im Regen rumlaufen lassen. Mit dreizehn …»

«Vierzehn», sagte David. Erst jetzt merkte er, dass

es zu nieseln begonnen hatte. «Ich bin schon vierzehn, Frau Ditteken, und gestern, da habe ich meine Mutter abgeholt. Sie haben sicher gesehen, wie wir zusammen zurückgekommen sind. Meine Mutter hat keine Zeit, jedes Mal die Tür aufzumachen, wenn einer die Treppe rauf- oder runterkommt.»

Bevor Frau Ditteken mit einem Vortrag über den patzigen Ton der heutigen Jugend loslegen konnte, lief er zurück zum Weg. Er drehte sich nicht mehr nach ihr um. Er wusste auch so, dass sie ihm grimmig nachsah. Als sie hier kurz vor Ostern einzogen, hatte Ulla ihm wie einem Kleinkind erklärt, wie wichtig es sei, höflich zu den Nachbarn zu sein. Jetzt hatte er also noch ein Versprechen gebrochen. Zwei an zwei Tagen. Das war viel. Immerhin hatte es diesmal Spaß gemacht. Zu schade, dass er den toten Maulwurf halbwegs begraben hatte. Er hätte gerne das Gesicht der Ditteken gesehen, wenn Kuno schmatzend die angegammelte Leiche anschleppte.

«Das kann doch kein Problem sein, Ulla. Gerade du bekommst garantiert jede Extrawurst.»

«Irrtum, Karin.» Ulla Bauer sah ihre Kollegin seufzend an. «Gerade ich nicht. Du vergisst, dass ich *nicht* mit ihm ins Bett gegangen bin. So was nehmen Männer übel. Vor allem, wenn sie zwei Abendessen in teuren Restaurants investiert haben. Wer hat denn die ganzen Überstunden aufgedrückt bekommen, weil angeblich plötzlich alles Mögliche sofort und ganz schnell gehen musste? Genau: Ich.»

«Und warum bist du nicht?»

«Was?»

«Mit ihm ins Bett.»

«Hör bloß auf! Du kennst die Geschichte, außerdem hatte ich einfach keine Lust auf so was. Nie am Arbeitsplatz und nie mit Ehemännern. Das ist meine eiserne Devise.»

«Eiserne Devisen mögen edel sein, meine Liebe, aber da kannst du auch gleich ins Kloster gehen. In unserem Alter.»

«Keine schlechte Idee. Da hat man seine Ruhe und spart die Miete. Leider nehmen die keine allein erziehenden Mütter, schon gar nicht mitsamt ihren halbwüchsigen Söhnen. Und was heißt überhaupt in unserem Alter? Ich bin 38. Ach, was für eine blöde Diskussion. Jedenfalls kann Lund machen, was er will. Wenn er mir schon keinen Urlaub gibt, weil Meyer krank ist und Plietschmann in Urlaub, dann kriegt er mich in den nächsten zwei Wochen zumindest für keine Überstunde. Keine einzige! Was machst du denn plötzlich für ein Gesicht? David geht jetzt wirklich vor.»

«Soso, da kann Lund machen, was er will.»

Das war leider nicht Karins Antwort, sondern die Stimme von Robert Lund, Teilhaber und Geschäftsführer von Lund, Klose & Partner GmbH, Immobilien International. Karin, seine Sekretärin, stand eilig auf, griff nach einer der dicken Mappen auf ihrem Schreibtisch, murmelte etwas von «muss dringend ins Archiv» und war schon verschwunden.

«Stimmt, diesmal können Sie machen, was Sie wollen.» Ulla schlug die Beine übereinander und sah ihren Chef mit trotzigem Lächeln an. «Sie wissen, ich mache immer meine Arbeit, und zwar gut und zuverlässig. Aber jetzt habe ich wirklich mal ein Problem, das ich nicht aufschieben kann. Davids Ferienreise ist geplatzt, nun hockt er den ganzen Tag allein zu Hause, deshalb muss ich wenigstens abends pünktlich da sein.»

Lund sah sie an, mit diesem Blick, der Ulla vor einigen Monaten fast hatte schwach werden und ihre eiserne Devise vergessen lassen. Er hockte sich auf die Schreibtischkante und verschränkte lässig die Arme vor der Brust.

«Ich versuche ständig Rücksicht auf Ihre Situation zu nehmen, Ulla, das wissen *Sie*. Aber Sie wissen auch, wie hart der Konkurrenzkampf ist. Das läuft nur mit Ranklotzen und blitzschnellem Reagieren auf den Markt. So was ist leider unberechenbar. Gerade jetzt haben wir eine heiße Phase, da sind Sie unentbehrlich. Ist es denn so schlimm, wenn sich ein Junge mal ein bisschen langweilt? Langeweile ist der erste Schritt zur Kreativität, das ist ein alter Hut. Die Kinder werden heute doch mit Angeboten nur so zugeschüttet. Denen bleibt gar keine Zeit mehr für eigene Ideen.»

«Sie meinen Tennis, Reitstunden, Klavierunterricht?

Sie können beruhigt sein, damit kann ich meinen Sohn leider nicht ‹zuschütten›. Und der ganze Tag – und das zwei Wochen lang – ist ein bisschen viel Langeweile. Alle seine Freunde sind verreist, und er ist jetzt vierzehn. Da führt aus Langeweile geborene Kreativität leicht zu *dummen* Ideen und in ziemlich schlechte Gesellschaft.»

Am liebsten hätte sie Lund, wie er da lächelnd einen imaginären Fussel von seinem italienischen Anzug schnippte, erwürgt. Ob wegen dieser väterlich modulierten Stimme, die er immer anschaltete, wenn er einen zu unbezahlter Mehrarbeit rumkriegen wollte, oder wegen seiner wirklich betörenden braunen Augen, wusste sie nicht so genau.

«Ja», sagte er, noch samtweicher, «das kann tatsächlich zum Problem werden. Gibt es bei Ihnen in der Nähe nicht eine Bücherhalle und sogar ein Kulturzentrum oder so etwas? Die bieten doch immer ganz witzige Ferienkurse an.»

«Die Bücherhalle ist längst geschlossen, wegen der Sparmaßnahmen. Das Kulturzentrum gibt es noch, es ist sogar ein sehr gutes, das Goldbekhaus, leider hat David darauf keine Lust, weil er dort niemanden kennt. Wir wohnen ja noch nicht lange in diesem Stadtteil. Außerdem findet er das Kinderkram. So ist das mit vierzehn. Ich kann ihn nicht fesseln und hinschleppen.»

«Das sähe nicht gut aus, stimmt. Wäre auch schlecht

für unser Image. Nun gucken Sie nicht so grimmig. Das war ein Scherz.»

«Entschuldigung», Ulla versuchte ein Lächeln, «ich bin heute ziemlich unter Dampf. Ich habe mir den ganzen Morgen vorgenommen, mit Ihnen zu reden und mich nicht wieder weich klopfen zu lassen. Am besten, ich erzähle Ihnen, was gestern passiert ist, dann verstehen Sie mich besser.»

So erzählte sie, wie sie am Abend heimgekommen war – um viertel vor zehn, betonte sie, viertel vor zehn! – und David nicht in der Wohnung gewesen war. Wie die Polizei angerufen hatte, sie möge ihren Sohn von der Wache abholen. Erzählte ihm, dass David im Dunkeln am Goldbekkanal rumgestromert sei und sich diese haarsträubende Geschichte ausgedacht habe. Leider nicht nur ausgedacht, sondern auch schnurstracks der Polizei erzählt.

«Er beharrt immer noch darauf, dass er da bei den Bänken hinter den Werften einen Verletzten oder gar Toten gesehen hat, dass dann ein anderer Mann kam und ihn verfolgt hat, als er weggelaufen ist. Nun ist er stinksauer, weil ihm keiner glaubt.»

Lund war vom Schreibtisch gerutscht und stand mit verschränkten Armen am Fenster. «Und?», fragte er. «Glauben Sie ihm?»

«Ich möchte gerne, er ist eigentlich kein Junge, der sich Sachen ausdenkt. Aber es fällt mir schwer. Nein, ich kann diese Geschichte nicht glauben. Die Polizei hat nämlich eine Streife zu den Bänken geschickt, und die hat dort einen Betrunkenen gefunden. Ich denke, David hat den gesehen, vielleicht hat sich da auch noch ein anderer Kerl rumgedrückt, vielleicht sogar in so einer hellen Jacke mit vielen Taschen, so eine soll der Mann, der ihm nachgerannt ist, nämlich angehabt haben. Die trägt ja jeder zweite, oder? Vielleicht ist der auf seinem Nachhauseweg in die gleiche Richtung gegangen wie David, vielleicht hatte er es eilig. David hat in der Dunkelheit Angst bekommen, sich verfolgt gefühlt und diese Geschichte zusammenphantasiert.»

Sie stützte die Arme auf den Schreibtisch und seufzte. «Gerade das schreckt mich auf. Er hat so etwas noch nie gemacht. Und wie gesagt, er langweilt sich. Vor allem fühlt er sich ganz bestimmt vernachlässigt. Im Stich gelassen, weil ich so oft später komme. Dieser Polizist hat gesagt, so etwas täten Jungen, wenn sie sich nicht genug beachtet fühlen. Als ob ich das nicht selbst wüsste. Jetzt werden Sie verstehen, dass ich zurzeit mehr zu Hause sein muss. Ich muss einfach! Kann ich nicht doch ein paar Tage Urlaub haben? Ich könnte auch krank werden, dann können Sie nichts machen.»

«Das ist nicht Ihr Stil.» Lund drehte sich zu ihr um und zauberte wieder das Lächeln in seine Augen, das bei ihr alle Alarmsirenen aufheulen ließ. «Dazu sind Sie viel zu korrekt. Was nicht unbedingt förderlich für die Karriere ist, das habe ich Ihnen schon bei anderer Gelegenheit gesagt. Leider vergeblich. Okay, ich sehe jetzt Ihr Problem. Ich habe ja selbst Kinder.»

Er ließ sich auf Karins Schreibtischstuhl fallen und begann eine Kette aus Büroklammern zusammenzusetzen.

«Ich schlage Ihnen einen Kompromiss vor», sagte er schließlich. «In dieser Woche ist es wirklich eng, das wissen Sie. Ich würde unter solchen Umständen glatt Plietschmann aus dem Urlaub zurückpfeifen, aber der ist nun mal unerreichbar auf Trekkingtour in Patagonien, der Schlaumeier, am anderen Ende der Welt. Also müssen Sie diese Woche durchhalten, so spät wie gestern wird's ja auch selten. Nur noch drei Tage, Ulla. Wenn unser Florida-Projekt bis dahin fertig und raus ist, woran ich nicht zweifle, können Sie die ganze nächste Woche Urlaub machen, und für Ihren außerordentlichen Einsatz in der letzten Zeit gibt es eine Extraprämie am Gehaltskonto vorbei. Die ist bei Ihren Leistungen sowieso fällig. Dafür fahren Sie mit Ihrem Sohn irgendwohin, in ein richtig gutes Hotel am Meer. Vielleicht kriegen Sie noch einen Flug auf die Kanaren, da ist es noch schön warm und trocken. Ist das ein annehmbarer Vorschlag für Ihren Herrn Sohn?»

3 ☾ DER VERDACHT

Das Tor zum Hof einer der Werften stand jetzt weit offen. Drei Männer hatten gerade mit viel Mühe ein Boot auf einem Anhänger in den Hof bugsiert und schoben es nun zu dem großen Schuppen, der den Hof zum Kanal begrenzte. David blieb stehen und sah neugierig zu. Er hatte noch nie eine Bootswerft gesehen. Außer der großen am Hafen natürlich, doch die war immer so weit weg am anderen Elbufer und sah eher aus wie eine Fabrik für Riesen. Er konnte sich nicht vorstellen, dass da Leute richtig Schiffe bauten. Taten sie auch selten, hatte Ulla ihm erklärt, im Prinzip würden die Ozeanriesen da nur im Trockendock repariert. Das hier sah anders aus als auf den Bildern, die er vom Bau großer Tanker und Frachter in Büchern gesehen hatte, aber hier wurden ja auch keine Ozeanriesen gebaut, sondern Sportboote aus Holz.

«Hey, bist du nicht David?»

Einer der Männer, die das Boot in den Schuppen geschoben hatten – er war deutlich kleiner und dünner als die beiden anderen –, kam über den Hof und grinste ihn an. Allerdings war es gar kein Mann, sondern ein Mädchen, genauer gesagt: Mikes Schwester.

«Klar bist du David», sagte sie. «Ich bin Verena, Mikes Schwester, erinnerst du dich nicht?»

David nickte. Natürlich erinnerte er sich an Verena. Und an ihren Bikini. Letzten Sommer im Garten von Mikes Eltern. Verena war ein Jahr jünger als Mike, das hieß, fast ein Jahr älter als David. (Wenigstens war er mindestens zehn Zentimeter größer als sie.) Sie war in einem piekfeinen Internat irgendwo an der Ostsee und nur an den Wochenenden und in den Ferien zu Hause, er hätte nie gedacht, dass sie sich an ihn erinnern würde. Er fühlte Hitze in seinem Gesicht. Verdammt, immer wurde er rot. Selbst wenn es gar keinen Grund gab.

«Was machst du hier?», fragte sie und sah ihn neugierig an.

David zuckte die Achseln, pustete die blonde Strähne weg, die ihm immer über die Augen fiel und bemühte sich um ein gelangweiltes Gesicht. «Nur so rumgucken. Ich wohne hier. Da drüben am Goldbekufer, auf der anderen Seite vom Kanal in Nummer 42. Und was macht du hier?»

«Ein Praktikum. Ist schon mein zweites, ich will Bootsbauerin werden.» Sie sah sich im Hof um, als gehöre ihr die ganze kleine Werft. «Ich wollte schon immer Boote bauen. Mein Vater findet das verrückt, wo ich doch später Medizin studieren könnte, aber eigentlich ist es ihm egal. Hauptsache, ich mache erst mal mein Abi, hat er gesagt, bis dahin sind es ja noch ein paar Jahre, dann sieht man weiter. Jetzt protzt er trotzdem damit rum. Eine Tochter als Bootsbauerin findet er irgendwie gut – Medizin wollen schließlich viele studieren.»

Sie grinste David breit an. Ihre Nase war voller Sommersprossen, ein paar rotbraune Locken kräuselten sich unter ihrer nach hinten gedrehten Baseball-Kappe hervor, und ihre Augen blitzten blau wie der Himmel über der Nordsee, wenn mal ein richtig schöner Sommertag war. David hätte gerne was Schlaues gesagt, leider fiel ihm nichts ein.

«Verena?! Hier wird nicht rumgetrödelt, hier wird gearbeitet.»

«O Scheiße!» Verenas Gesicht veränderte sich schlagartig. «Der Meister. Ich muss …»

«Aha! Du hast Herrenbesuch.»

Der Mann, den Verena als Meister bezeichnet hatte, kam über den Hof und baute sich vor David auf. Er überragte Verena um einen und David um einen halben Kopf und hatte Schultern wie Arnold Schwarzenegger.

«Entschuldigung, Herr Krug, es ist nur, also, das ist David, ein Freund meines Bruders. Er interessiert sich für Boote, Segelboote meine ich. Aus Holz. Er wollte nur mal Hallo sagen.»

«Du interessierst dich für Boote? Wenn das so ist, reicht Hallosagen natürlich nicht. Dann zeig deinem Freund mal, was wir hier bauen. Aber nicht länger als zwanzig Minuten. Klar?»

«Klar. Nicht länger. Natürlich nicht. Los, David, komm», zischte sie ihm zu, als der Meister in dem Schuppen verschwand, an dessen Tür ein Schild mit der Aufschrift ‹Lager – Zutritt für Unbefugte verboten› hing. «Jetzt musst du alles angucken, sonst kriege ich mordsmäßig Ärger. Normalerweise nehmen die hier nämlich nur Studenten, die Bootsbauer oder Architekt werden wollen, als Praktikanten. Und mach bloß kein gelangweiltes Gesicht.»

Verena zeigte ihm die Boote, die in dem größeren der seitlichen Schuppen den Winter über lagerten, als Dauerparker sozusagen, und auch überholt oder repariert wurden, bevor ihre Besitzer sie im Frühjahr wieder abholten und zu ihren Liegeplätzen brachten. Vor allem zeigte sie ihm aber zwei andere erst halb fertige, die im hinteren Schuppen direkt am Kanal neu gebaut wurden. Die ganze Zeit redete sie begeistert übers Bootebauen, doch David verstand nur, dass dafür nicht jedes Holz geeignet sei, wegen der hohen Temperaturunterschiede, die so ein Boot aushalten musste, und der ständigen Feuchtigkeit. Die meisten würden aus Mahagoni gebaut, was aber wenig sagte, weil es 300 Holzarten gäbe, die alle Mahagoni genannt wurden.

David interessierte sich mehr für die Werkzeuge, die ordentlich aufgereiht und nach einer für ihn undurchschaubaren Ordnung in Halterungen an der Wand hingen. Verena konnte ihm alle erklären. Auch der Geruch gefiel ihm, eine Mischung von frisch gehobeltem Holz, Leim und Farbe mit einem Hauch Brackwasser und Herbstlaub. David begann zu verstehen, was Verena so begeisterte. Nach zwanzig Minuten hatte er nicht für einen Moment ein gelangweiltes Gesicht gemacht. Er hätte sich gerne auch die Pläne angesehen, die auf einem alten Tisch lagen und an der Wand befestigt waren, aber die, sagte Verena, seien tabu. Wahrscheinlich konnte sie ihm die nur nicht erklären.

Der Meister ließ sich nicht mehr blicken. Dafür tauchte Jonas auf, der war schon Geselle im letzten Lehrjahr. David gefiel weder, wie er Verena anguckte, noch dass er so viel über Boote wusste, während er selbst gar nichts wusste und immer nur «Ach so» oder «Ist ja toll» sagen konnte.

«Schade, dass die Herbstferien so kurz sind», sagte Verena mit einem abgrundtiefen Seufzer, als sie wieder im Hof standen, «ich würde gerne länger hier arbeiten. Was machst du denn so in den Ferien? Mike hat gestern aus Italien angerufen, an der Adria ist es mal wieder total öde.»

«Ich häng halt so rum», antwortete er nach kurzem Zögern, «ist auch mal ganz gut. So ohne Stress. Obwohl ...»

Später hätte er sich am liebsten noch nachträglich die Zunge abgebissen, weil er nicht einfach den Mund gehalten hatte. Aber jetzt erzählte er ihr von seinem nächtlichen Ausflug und den Männern am Kanal, wobei er seine panische Flucht wegließ und ganz cool schloss, die Polizei gehe der Sache jetzt nach.

Verena war nicht so beeindruckt, wie David gehofft hatte. Tatsächlich sagte sie nur «Hm», schob die Unterlippe vor und zog mit der Schuhspitze Kringel in den Sand, was nur so viel heißen konnte wie: ‹Ich glaub dir kein Wort, du kleiner Angeber.›

Bevor er mit dem Manschettenknopf auftrumpfen konnte, sagte sie: «Okay, David, jetzt muss ich wieder an die Arbeit.» Sie sagte es ganz lässig, aber es klang, als müsse sie sich im Alleingang an die Rettung des Weltfriedens machen. «Ich bring dich noch zum Tor.»

«Klar», sagte David, «die Boote warten», und spürte, wie er schon wieder rot wurde. Er war sicher, der Pickel, den er heute Morgen an seinem Kinn entdeckt hatte, leuchtete wie eine Alarmlampe. Bevor er sich von Verena verabschieden konnte, öffnete sich eine der Schuppentüren direkt neben ihnen. Ein Mann in einem eleganten grauen Mantel trat heraus, seine Augen waren gerötet, und er wirkte überaus schlecht gelaunt.

«Was ist denn hier los? Ist das jetzt ein Jugendclub?» Er blickte David und Verena streng an. «Hast du keine Arbeit, Verena?»

«Doch, Herr Lohmann, es ist nur ... Herr Krug hat mir erlaubt, ihm die Boote zu zeigen. Das ist nämlich David», erklärte sie hastig, «der beste Freund meines Bruders. Ja, und er interessiert sich fürs Bootsbauen, da dachte ich ...»

«Schon gut, Verena», brummte die Stimme des Meisters hinter David. «Sei mal nicht so streng, Paul, der Junge ist ein Freund von Verena und wollte nur mal die Boote angucken. Ich hab's den beiden erlaubt. Jetzt lass uns fix ins Büro gehen, du bist schon eine halbe Stunde zu spät.»

Paul Lohmann warf einen letzten forschenden Blick auf David. «Kenne ich dich nicht?», fragte er und zog unwillig die Augenbrauen hoch. «Ach was», murmelte er, bevor David antworten konnte, und folgte dem Meister. Die Tür mit der Aufschrift ‹Büro› klappte vernehmlich zu.

«Das ist unser Chef», flüsterte Verena und zog David Richtung Tor, «da steht auch sein Auto.»

Sie zeigte auf einen dunkelgrünen Audi, der noch nicht da gewesen war, als David den Hof betreten hatte.

«Ist der Meister nicht dein Chef?», flüsterte David zurück.

«Doch, schon. Aber Herrn Lohmann *gehört* die Werft. Er hat seit kurzem noch eine andere in Finkenwerder oder so, jedenfalls auf der anderen Seite der Elbe, auch für Sportboote, so wie diese. Da ist er meistens, weil die Werft noch im Aufbau ist. Hier ist er jetzt nur, wenn es etwas zu besprechen gibt. Herr Krug hat ja alles bestens im Griff.»

«Ist der immer so muffig? Du machst doch nur ein Praktikum, da muss eine kleine Pause doch erlaubt sein.»

«Der meint es nicht so, meistens ist er nett. Er hat nur Sorgen. Jonas sagt, diese Grundstücke hier am Kanal werden verkauft, die gehören alle der Stadt, und die braucht Geld für ihre Schulden, das weiß ja jeder. Der Lohmann ist wie alle anderen hier am Kanal nur Pächter. Wenn die Ufergrundstücke tatsächlich verkauft werden, wird irgend so ein Geldsack hier Eigentumswohnungen bauen, sagt Jonas, oder Büros. Dann müssen wir verschwinden, und keiner weiß wohin und was wird. Mein Vater sagt, dass es Jahre dauern kann, bis Lohmanns anderer Betrieb rentabel ist. Wenn er hier zumachen muss, sieht es schwarz für ihn aus. Jetzt hau besser ab, David, Lohmann steht am Fenster und guckt, als gäb's hier ein Weltwunder zu besichtigen.»

Sie drehte sich um, winkte ihm im Davonlaufen noch einmal zu und verschwand in dem großen Schuppen am Kanal, wo die Boote gebaut wurden. Und wo ganz sicher Jonas schon auf sie wartete.

Also verschwand auch David. Verena hatte sich viel Zeit für ihn genommen, trotzdem fühlte er sich plötzlich wie ein Kind, das fortgeschickt wurde, weil nun die Zeit für die Erwachsenen begann. Das richtige Leben. Es war kein gutes Gefühl. Überhaupt kein gutes Gefühl. Er beneidete Verena. Sie wusste, was sie wollte, auch für ihre Zukunft. Langeweile war für sie bestimmt ein Fremdwort. Wenigstens war er nicht auch noch so dumm gewesen, mit dem teuren Computerspiel zu protzen. Wer Boote bauen durfte, fand so was garantiert Zeitverschwendung für einfallslose Idioten.

«David?!»

Verenas Stimme ließ ihn herumfahren. «Ja?»

«Wenn du vom Rumhängen genug hast, komm doch mal wieder her. Um zwölf mach ich immer 'ne Pause.»

Sie winkte ihm zu, verschwand im Schuppen, nur um gleich wieder aufzutauchen. «Oder hol mich mal ab. Um drei hab ich Feierabend.»

Schon war sie wieder weg, und David stand da und starrte ihr nach. Hatte er das auch geträumt? Oder hatte sie wirklich gesagt ‹Hol mich ab›?

Wann? Gleich morgen? Auf keinen Fall, das war aufdringlich oder sah aus, als habe er nichts Besseres zu tun. Übermorgen? Das ging, das war sogar gut. Wahrscheinlich langweilte sie sich nur nach Feierabend, weil Mike und ihre Eltern nicht da waren, nur die Haushälterin, und ihn brauchte sie als Lückenbüßer. Das war ihm jetzt fast egal. Außerdem war sie erst seit zwei Jahren auf dem Internat, sie musste noch jede Menge Freundinnen hier haben, mit denen sie sich treffen und was unternehmen konnte. Oder waren die auch alle in die Ferien gefahren? Übermorgen. Dann würde er ja sehen. Bis dahin musste er unbedingt den Pickel in den Griff kriegen.

Er schob sich an dem Audi vorbei, den der Besitzer der Werft direkt am Tor geparkt hatte, und im Vorbeigehen sah er in den Innenraum. Nicht schlecht, dachte er, Ledersitze und ziemlich neu. Er blieb abrupt stehen, beugte sich vor und starrte in den Wagen. Sogar Verena vergaß er in diesem Moment. Denn auf der Rückbank des Wagens lag eine helle Jacke. Sie war ein bisschen schmutzig, an einem Ärmel waren rötlichbraune Flecken, und die Jacke war genauso eine, wie – ja, so eine mit vielen Taschen wie für Safaris. Oder für Angler. Erschreckt drehte David sich nach dem Bürofenster um, Lohmann starrte immer noch auf den Hof. Immer noch David nach. Er hatte die ganze Zeit am Fenster gestanden und ihn beobachtet. Oder nicht? Jetzt verschwand er im dunklen Hintergrund des Büros, das Fenster war nur noch ein leeres schwarzes Quadrat.

Das Computerspiel war wirklich nicht schlecht. Es hatte ihn schon fast drei Stunden beschäftigt, und jetzt hatte er es im Griff. Na gut, zwischendurch hatte er im Fernsehen ‹Verbotene Liebe› geguckt, obwohl er die Serie total dämlich fand, eigentlich. Und dreimal hatte er den Zeitungsartikel gelesen und das Foto angesehen. Schließlich hatte er den Fernsehton leiser gestellt, was nun lief, war ihm gleichgültig, aber es war schön, wenn er aus dem Wohnzimmer Stimmengemurmel hörte. Jedenfalls lief das Spiel jetzt ziemlich gut. Obwohl er ständig auf die Uhr guckte und mit einem Ohr immer wieder auf ihre Schritte auf der Treppe lauschte, anstatt sich zu konzentrieren. Nie war ein Nachmittag so langsam vergangen. Sie musste nun bald kommen, es war fast sieben. Wenn es nicht wieder so lief wie gestern. Nachmittags am Telefon war sie enttäuscht gewesen, als er sich nicht wie ein Schneekönig freute, weil sie zwar diese Woche noch viel arbeiten musste, aber dafür in der nächsten Urlaub bekam und mit ihm auf irgendeine Insel fliegen wollte.

Dabei hatte er sich große Mühe gegeben mit der Freude, sie merkte eben immer, was los war. Am Telefon hatte er nicht erzählen wollen, dass er vielleicht besser hier blieb und warum. Es konnte ja sein, die Polizei brauchte ihn gerade dann zur Gegenüberstellung. Er überlegte, ob es schon zu spät war, noch zur Wache zu gehen, wenn sie *endlich* kam. Auf keinen Fall. Die Polizei arbeitete auch nachts, rund um die Uhr, sozusagen.

Als er nach Hause gekommen war und die Zeitung aus dem Briefkasten nahm, hatte er ihn gleich erkannt. Er sah zwar ein bisschen anders aus, zum Beispiel waren seine Augen nicht halb geschlossen und das Haar nicht ganz so dunkel, wie es gestern Nacht ausgesehen hatte. Trotzdem war es derselbe Mann, das wusste er genau. Er sah aus wie der Schauspieler, der in den alten Filmen Winnetou gespielt hatte und eigentlich ein französischer Graf war. Er hatte sogar die gleiche komische Frisur.

Er wäre am liebsten gleich losgerannt. Dann hatte er nachgedacht und beschlossen, auf Ulla zu warten.

Womöglich hörten die Polizisten ihm gar nicht erst zu, wenn er wieder alleine zur Wache kam, weil sie ja glaubten, er habe sich alles nur ausgedacht. Doch jetzt hatte er noch mehr als den Manschettenknopf, jetzt wusste er auch, wer der Mann an der Bank war. Oder gewesen war. Und sogar wer so eine Jacke besaß wie der Mann, der ihn verfolgt hatte.

Als er von der Werft zurückgetrödelt war, hatte er immer noch das Gefühl gehabt, Lohmanns Blick folge ihm. Was natürlich Unsinn war, Blödsinn geradezu. Der hatte garantiert an ganz anderes gedacht, als er aus dem Fenster in den Hof gestarrt hatte, zum Beispiel an sein Bankkonto. Und die Jacke in seinem Auto – Ulla hatte recht, so eine Jacke trugen viele. Sogar ihr Chef und auch Onkel Hans in Frankfurt. Aber der Fleck auf dem Ärmel? Der sah tatsächlich nach getrocknetem Blut aus. Oder nach der Farbe in einer der großen Dosen bei den Werkzeugen.

Plötzlich fühlte David sich so missmutig, wie Lohmann geguckt hatte. Er wusste, was er in der Nacht gesehen und gehört hatte, egal was Ulla und die Polizisten sagten, glaubten oder nicht glaubten. Aber was sollte er tun? Was *konnte* er tun?

Jemand kam eilig die Treppe herauf, er sprang auf – aber nein, das war nicht Ulla. Sicher Herr Mulde. Jedenfalls fiel eine Tür im zweiten Stock krachend ins Schloss, was Frau Ditteken garantiert wieder aus ihrem Sessel scheuchte. Sie nannte Herrn Mulde immer nur den Krachmacher, was nicht stimmte, und Frau Dittekens Kuno machte viel mehr Krach.

David ging ins Wohnzimmer, trat ans Fenster und blickte hinunter. Vielleicht sah er sie schon die Straße entlangkommen. Es war nicht so neblig wie gestern, aber ziemlich diesig. Vom Mond war kein Schimmer zu sehen, vielleicht stand er noch zu tief. Ein jäh aufflackerndes kleines Licht, nicht länger als ein oder zwei Sekunden, lenkte Davids Blick auf die Reihe der parkenden Autos. In einem, etwa zwei Häuser weiter die Straße hinauf, hatte jemand eine kleine Taschenlampe angemacht. So sah es jedenfalls aus. David trat hastig zur Seite und hielt den Atem an. Schon vor einer halben Stunde hatte dort ein Mann im Auto gesessen. David hatte ihn nicht beachtet. Schließlich saßen oft irgendwelche Männer in irgendwelchen Autos rum. Aber jetzt? Der saß ziemlich lange in der kalten Nacht. Warum benutzte er eine Taschenlampe? Suchte der etwas auf dem Stadtplan? Er könnte doch die Innenbeleuchtung anstellen. War ihm die zu hell, weil er nicht gesehen werden wollte? Was machte der da? Er wartete auf jemanden. Was sonst? Auf wen?

David löschte das Licht, schlich in sein Zimmer und knipste auch dort die Lampe aus. Das Leuchten des Monitorbildes tauchte die Hefte, Comics, Bücher und all den unordentlichen Kram auf der Tischplatte in mattes Blau, sonst war es dunkel. Er ging zurück zum Wohnzimmerfenster, beugte sich von der Seite vor, immer die Gardine vor der Nase, und sah vorsichtig auf die Straße. Gerade wurde die Autotür geöffnet, und der Mann, der dort so lange gesessen hatte, stieg aus. Er schlug den Mantelkragen hoch und zog den Schal übers Kinn. Während er mit hochgezogenen Schultern die Autotür schloss, sah er rasch die Straße hinauf und hinunter. Davids Augen folgten seinem Blick: niemand zu sehen.

Jetzt kam er näher, an einem Haus vorbei, am nächsten, David fühlte sein Herz wieder pochen wie eine hektische Maschine. Der hatte nicht so eine Jacke an, aber er war auch schlank und groß, und irgendwie benahm er sich komisch. Wenn er rausgekriegt hatte, dass er, David, ihn gestern Abend beobachtet hatte? Wenn er jetzt kam, wenn er sich im Flur versteckte, um ihm aufzulauern, wenn er ...

Absätze klackerten auf dem Pflaster, Ulla kam eilig die Straße herunter. Wer es nicht besser wusste, mochte denken, sie versuche den Mann, der nur etwa zehn Schritte vor ihr ging, einzuholen. Aber wahrscheinlich sah sie ihn nicht einmal, im Laufen suchte sie in den Untiefen ihrer Handtasche nach dem Hausschlüssel.

Der Mann hatte nun das Haus erreicht, er sah sich flüchtig nach Ulla um – und ging weiter, ging am Haus vorbei die Straße hinauf, plötzlich eilig, als sei ihm eingefallen, dass er spät dran war. Und endlich hörte David ihre schnellen Schritte auf der Treppe, hörte den Schlüssel im Schloss, ihr vertrautes: «David! Ich bin da!», spürte den kühlen Hauch, der mit ihr von der Straße hereinwehte und lehnte sich aufatmend gegen die Wand. Er hatte wirklich zu viel Phantasie. Der Mann *konnte* ja gar nicht wissen, wer er war oder wo er wohnte.

«David!? Warum hockst du im Dunkeln?» Ulla knipste die Deckenlampe an und musterte ihn besorgt. «Alles okay?»

Er nickte.

«Dann gib deiner Mutter einen Kuss. Und komm mit in die Küche, ich mache uns was zu essen, und –», sie klopfte vergnügt auf ihre dicke Tasche, «ich habe Prospekte mitgebracht. Wir können doch noch verreisen. Lund hat mir tatsächlich für die nächste Woche Urlaub genehmigt, und heute suchen wir uns aus, wo wir hindüsen. Eine Woche in den Süden und ans Meer! Klasse, was? Du willst doch nicht lieber in die Berge, oder? Warum machst du so ein miesepetriges Gesicht, mein Süßer? Ich weiß, dass wir spät dran sind, aber wir kriegen ganz bestimmt noch einen Flug und ein prima Hotel. Oder eine Ferienwohnung. Wer suchet, der findet. Man muss nur fest dran glauben.»

Manchmal hasste er ihre Sprüche. Immer hasste er es, wenn sie ihn ‹mein Süßer› nannte.

Eine viertel Stunde später war Ullas gute Laune wie weggeblasen. Sie starrte immer abwechselnd auf den Manschettenknopf links neben ihrem Teller und den Zeitungsartikel auf der rechten Seite. Schließlich stand sie auf, holte die Weinflasche aus dem Kühlschrank – für ein Glas würde es gerade noch reichen – und setzte sich wieder an den Tisch.

«David», sagte sie, «am liebsten würde ich jetzt sagen: Ich will von dieser Sache kein Wort mehr hören. Punktum. Aber okay. Spielen wir das Ganze mal durch. Du hast einen Manschettenknopf gefunden und denkst nun, den habe der Mann, den du gestern Abend da draußen gesehen hast, verloren. Kann ja sein. Aber was glaubst du, sagt die Polizei dazu? Die sagt, den kann jeder verloren haben, und gestern war da nur ein Kerl voll bis zum Scheitel mit Jägermeister, nicht tot, sondern nur besoffen, und der hatte ein Sweatshirt oder so was an, das braucht keine Manschettenknöpfe.»

«Aber das weißt du doch gar nicht. So'n kostbares Ding ist der Beweis, dass da ein anderer gesessen hat als der Penner. In der Zeitung ist doch sein Bild. Ich schwöre, der war es.»

«Es heißt nicht Penner, sondern Obdachloser. Außerdem», sie unterdrückte einen ungeduldigen Seufzer, «außerdem verstehe ich dich nach diesem Artikel erst recht nicht. Du hast ihn doch gelesen, oder etwa nicht? Und der Name, den du gehört hast, ist auch ein anderer. Also, da steht», sie hob die Zeitung hoch und las vor: «‹Bestechungsskandal im Bezirk Nord. Hamburger Geschäftsmann ergaunert städtische Sahnestücke in bester Lage für den Bau von Luxuswohnungen.› Hmhmhm. Dann: ‹Zwei Beamte des Liegenschaftsamtes festgenommen.› Hmhm, hmhm, hmhm. Aha, jetzt kommt es: ‹Henry Genser ...›»

«Henry oder Harry», rief David, «das ist doch fast dasselbe.»

Seine Mutter warf ihm einen dieser raschen ungemütlichen Blicke zu, von denen er nie genau wusste, was sie bedeuteten: Ungeduld, Ärger oder Sorge.

«Fast!», sagte sie nachdrücklich und nickte. «Aber eben nur fast. Das ist einfach Zufall, David. Und wenn ich mich richtig erinnere, heißt der Held in diesem Abenteuerbuch, das du neulich gelesen hast, auch Harry. Oder nicht? Jetzt hör zu: ‹*Henry* Genser, Immobilienhändler aus dem noblen Hamburg-Harvestehude steht im Verdacht, dem Verkauf mehrerer städtischer Grundstücke in bester citynaher Uferlage an seine Firma *Downtown* durch Bestechung nachgeholfen zu haben.› Warum regen die sich so auf? So läuft das doch meistens. Na, das ist jetzt egal, du hast das überhört, David! Lass dir nicht das Vertrauen in unsere Verwaltung erschüttern. Jetzt kommt das Wichtigste.» Sie klopfte mit spitzem Zeigefinger auf die Zeitung: «Hör genau zu: ‹Genser, der vor vier Jahren schon einmal im Verdacht krummer Geschäfte mit sakralen Kunstgegenständen stand› – auch noch Madonnen und Altarleuchter, mit was allem dealt der bloß? –, ‹konnte bis Redaktionsschluss zu den Vorwürfen keine Stellung nehmen. Der unverheiratete Geschäftsmann, Kunstliebhaber und Hamburger Meister im Segeln in der

Finn-Dingi-Klasse 1982› – was hat das denn nun damit zu tun? – ‹hat nach Auskunft seines Büros am vergangenen Montag die Stadt verlassen und ist nicht erreichbar. Sein Ziel: ein luxuriöses Ferienhaus in den französischen Pyrenäen. Ist Henry Genser auf der Flucht?› Undsoweiterundsoweiter. So. Da steht es. Deine Leiche ist quicklebendig und unterwegs nach Süden. Willst du immer noch, dass wir zur Wache gehen?»

David starrte schweigend auf seinen Teller. Henry Genser. Genau den Namen hatte er gehört: Henry. Nicht Harry. Warum war ihm der Name nicht gleich gestern Abend wieder richtig eingefallen? Jetzt würde ihm auch das keiner glauben. Nicht mal Ulla.

«Mensch, David, ich glaube ja, dass du irgendwen gesehen und gehört hast. Ich glaube dir sogar, dass so ein Kerl auf der Bank lag. Von mir aus auch daneben. Vielleicht hat er Selbstgespräche geführt. Ich bin aber sicher, nachdem du weg warst, hat der sich geschüttelt, die Beule am Kopf gehalten und ist aufgestanden und nach Hause gegangen. Danach kam dann der Penner, ich meine der Obdachlose, und hat sich auf die Bank gesetzt. Guck doch mal.»

Sie reichte ihm die Zeitung über den Tisch und legte sie, als er nicht danach griff, direkt vor seine Nase auf seinen Teller. Auf Henry Gensers Stirn breitete sich ein satter Fettfleck von den Resten der Spaghettisoße aus.

«Das Foto ist nicht schlecht, aber auch nicht gerade scharf wie ein Passbild. So oder so ähnlich sehen viele

Männer aus. Es war stockdunkel und ganz neblig, David. Da verwechselt man schon mal jemanden. Oder? Vor allem wenn man an Safaris und Winnetou denkt. 'tschuldigung, das Letzte war nicht so gemeint.»

«Kann sein», nuschelte David. Er nahm die Zeitung von seinem Teller und legte sie neben den Brotkorb. «Es kann aber auch sein, dass der gar nicht weggefahren ist. Vielleicht wollte er gleich nach dem Treffen mit dem anderen Mann wegfahren, und dann konnte er es nicht mehr, weil … na ja, er konnte es eben nicht mehr. Nun *denken* alle nur, der ist unterwegs nach den Pyrenäen. Warum können die den denn nicht anrufen? Denkst du etwa, der hat kein Handy?»

«Okay, das mit dem Handy ist ein Argument.» Ulla goss sich Wein nach, leider waren es nur noch ein paar Tropfen. «Vielleicht ist er eine Ausnahme und lässt sein Handy im Büro, wenn er in Urlaub fährt. So was soll's geben.»

«Und warum hat mich der andere dann verfolgt? Das hat er getan, Mama. Wirklich! Ich war nur schneller, sonst hätte der mich glatt gekriegt, und dann …» David sprach nicht weiter.

Ulla stützte die Ellenbogen auf den Tisch und legte mit einem kleinen ratlosen Schnaufer ihr Kinn in die Hände. «Pass auf, ich sag dir was. Gehen wir mal davon aus, dass alles so war, wie du erzählst. Hörst du? Es war so. Dann ist das ein Grund mehr, dass du dich da raushältst. Du bist vierzehn und ein Schüler, so was ist aber Sache der Polizei. Die wissen, wie man düstere Angelegenheiten verfolgt, wie man so was aufklärt. Die wissen auch, wie man sich vor Ganoven schützt. Du weißt das nicht. Und ich, deine Mutter, sage dir jetzt: Schluss damit. Morgen bringst du diesen Manschettenknopf zum Fundamt.»

«Aber Mama! Der ist doch ein Beweisstück!»

«Das ist mir egal. Die Polizei soll sich selber um Beweisstücke kümmern, das ist ihr Job. Du gehst damit zum Fundamt. Im Übrigen geht er da nicht verloren. Falls er doch noch gebraucht wird, ist er bis dahin im Fundbüro sogar am sichersten aufgehoben. Guck in die Gelben Seiten, da steht drin, wo das ist und wann es geöffnet hat. Das ist ein Befehl. Du wirst *nicht* zur Wache gehen und denen erzählen, der Kerl, der so ausgesehen hat wie Winnetou, sei dieser Genser. Das ist auch ein Befehl.»

Sie stand energisch auf und begann den Tisch abzuräumen. Als sie die Teller in der Spülmaschine verstaut hatte, drehte sie sich zu ihm um. Sie sah blass und sehr müde aus.

«Mensch, David, versteh mich doch, die haben solche Bemerkungen gemacht. Womöglich hetzen die uns das Jugendamt auf den Hals: Berufstätige Mutter vernachlässigt halbwüchsigen Sohn! Oder deinen Vertrauenslehrer, was auch nicht witziger ist. Ich bitte dich wirklich sehr: Halte die paar Tage durch, geh auch nicht mehr da runter an den Kanal. Schaffst du das?

Vielleicht kriegen wir schon einen Flug am Samstag. Nur noch drei oder vier Tage, dann geht's ab in die Ferien, richtige Ferien. Wenn du willst, bekommst du da auch ein eigenes Zimmer. Mit Balkon und Meerblick. Ich meine das ganz ernst, David, ich habe schon genug Sorgen, noch mehr brauche ich wirklich nicht.»

Der laute Protest blieb in seiner Kehle stecken. Er sah Tränen in ihren Augen, und schlagartig fiel ihm ein, dass er sich mal geschworen hatte, ihr so wenig Kummer wie möglich zu machen, wo doch niemand da war, der ihr half. Außer ihm. Und Oma. Aber die lebte weit weg im Taunus.

«Ist gut, Ulla», sagte er und versuchte fröhlich auszusehen. «Echt, ist gut. Samstag. Soll'n wir jetzt die Prospekte angucken? Ich hol sie.»

Auf dem Weg ins Wohnzimmer machte er einen Abstecher in sein Zimmer. Er trat ans Fenster und sah auf die Straße hinunter. Wo vorhin der große dunkle Wagen gestanden hatte, parkte jetzt ein Motorrad. Sicher war der Mann nur zu früh zu einer Verabredung gekommen und hatte in seinem Wagen gewartet, bis es die richtige Zeit war. Und dann war er versetzt worden und gleich wieder weggefahren.

4) GUTE IDEEN WERDEN BELOHNT

In dieser Nacht lief David durch einen langen Tunnel, so etwas wie eine große Abflussröhre und ganz dunkel. Er trug auch noch eine schwarze Brille, die er, so sehr er sich bemühte, nicht abnehmen konnte. Der Tunnel schien enger zu werden, er wusste nicht, ob das stimmte, vielleicht war er auch gleich plötzlich zu Ende, er konnte ja kaum sehen. Er wollte zurücklaufen, doch das ging nicht. Plötzlich hörte er hinter sich seltsame scharrende Geräusche, und als es ihm endlich gelang, sich umzudrehen – komischerweise konnte er nun wieder gut sehen –, war es bloß Kuno, der seinen dicken Hundebauch eilig hinter ihm herschleifte, in jedem seiner ausgefransten Schlappohren glänzte ein riesiger Manschettenknopf. Bloß Kuno. Doch der begann plötzlich zu wachsen und immer schneller zu werden, nun erkannte David auch die Ursache des Geräusches: Kunos Pfoten wuchsen riesige Krallen, Drachenkrallen, sie kamen immer näher, immer schneller, sausten heran wie Tiefflieger, rissen an seiner Kapuze – da endlich wachte David auf.

Rasch knipste er die Nachttischlampe an. Kein Kuno weit und breit, natürlich nicht, das Zimmer sah aus wie immer, und obwohl er am liebsten noch unters Bett gesehen hätte (wenn er sich das überhaupt getraut hätte), schlug sein Herz allmählich wieder ruhiger.

Er lauschte in die Stille der Nacht. Es war halb fünf, das ganze Haus schlief noch, auf der Straße am Kanal rollte noch kein Auto vorbei. Auf Zehenspitzen schlich er in die Küche, trank einen Becher Milch und kroch zurück in sein warmes Bett. Er hätte gerne das Radio angemacht, am allerliebsten den Fernseher, doch davon wurde Ulla wach. Er sehnte sich nach einer vertrauten menschlichen Stimme, aber er hatte überhaupt keine Lust auf ihr besorgtes Gesicht.

Er war ganz sicher, nicht mehr schlafen zu können, doch es war kurz nach neun, als er das nächste Mal erwachte. Auf dem Küchentisch lagen ein Zettel mit tausend Küssen und daneben zehn Euro für ein Mittagessen bei McDonald's («ausnahmsweise») und Kino («Nachmittagsvorstellung!!»). Keine mahnende Erinnerung an das Fundbüro. Sie vertraute ihm. Oder sie hatte es vergessen. Aber das glaubte er nicht.

Drei Stunden später kam David aus dem Fundbüro. Er tastete nach dem Manschettenknopf in seiner Tasche und machte sich auf den Weg zur S-Bahn.

Auch wenn es zuerst nicht so ausgesehen hatte, war heute sein Glückstag. Das Fundbüro schloss an diesem Tag schon um zwölf, es war zehn vor gewesen, als er den Raum für die Fundsachen betreten hatte. Die Frau hinter dem Tresen hatte zwei Männer, die eindeutig nach ihm gekommen waren, zuerst drangenommen, und während er auf der Besucherbank wartete, wurde es fünf vor, zwei vor und endlich zwölf Uhr. Die Frau redete immer noch mit den beiden Männern.

Um fünf nach zwölf hatte er eine fabelhafte Idee gehabt. Er war aufgestanden und rausgegangen, einfach so, ruck, zuck. Niemand hatte ihn beachtet. Nun konnte er Ulla heute Abend sagen, er sei fünf Minuten zu spät gewesen, nur fünf Minuten. Leider. Das war nicht mal völlig gelogen. Und außerdem, sie kam in der letzten Zeit schließlich auch ständig zu spät. Und morgen ... morgen war morgen.

Die nächste gute Idee kam ihm, als er für den Hamburger Schlange stand. Vor ihm waren nur noch zwei Mädchen dran, blöde Gänse, die sich nicht entscheiden konnten, was sie wollten, und endlos rumkicherten. Endlich kam er an die Reihe. Die Cola musste er sich verkneifen, dafür hatte er keine Zeit, und das Geld brauchte er jetzt dringend. Den Hamburger schlang er auf dem Weg zur Bushaltestelle hinunter. Kurz darauf kam der Bus, und David stieg ein.

Er musste unbedingt nochmal zur Werft. Egal, wie peinlich es vor Verena war, wenn er nicht erst morgen sondern schon heute wiederauftauchte.

Es stimmte, viele hatten so eine Jacke, aber sicher keine mit solch seltsamen Flecken wie die in Lohmanns Auto, das war ganz sicher Blut. Und dass Lohmann teure Manschettenknöpfe trug, konnte er sich gut vorstellen. Der sah genauso aus: ein bisschen konservativ und irgendwie vornehm. Andere Männer trugen solche Dinger nicht. Er kannte jedenfalls nur Leute, die ihre Hemden auch an den Ärmeln mit ganz normalen Knöpfen schlossen. Und erst jetzt fiel ihm ein, dass der Mann, den er gestern Abend, als er auf Ulla wartete, auf der Straße vor dem Haus gesehen hatte, genauso einen oder zumindest einen sehr ähnlichen Mantel wie Lohmann getragen hatte, er war auch so groß gewesen und seine Schultern leicht gebeugt. Und das Auto, in dem er so lange gesessen und gewartet hatte? Zumindest war es genauso ein nobler Schlitten gewesen wie Lohmanns.

Lohmann, das war die Lösung. Sein Betrieb war keine drei Minuten vom Tatort entfernt, die Grundstücke hier sollten verkauft werden, was ihn ruinieren konnte, und der Mann in der Zeitung, ja, genau der, den David in der Nacht am Kanal gefunden hatte, halbtot oder sogar tot, hatte mit Schiebereien Grundstücke in ‹citynaher Uferlage› gekauft. An die Formulierung erinnerte David sich genau, und wenn diese Werftgrundstücke nicht citynah und am Ufer lagen – welche dann? Es passte alles zusammen. Lohmann hatte ein astreines Motiv. Und die Jacke in seinem Auto. Dass er eindeutig ein schweres Problem hatte, sah man ihm an.

Und ausgerechnet Lohmann hatte gehört, was er Verena erzählt hatte. Bestimmt hatte er das, denn das kleine Fenster neben der Tür hatte einen Spaltbreit offen gestanden. Und jetzt wusste Lohmann, dass der Junge, der ihn gesehen hatte, David war. Ulla und die Polizisten glaubten ihm nicht, dies würden sie ihm erst recht nicht glauben. Zugegeben, bis jetzt war es nur eine Vermutung. Aber wenn es so war *und* Lohmann sein Gespräch mit Verena belauscht hatte, wusste er auch, wo David wohnte. Er hatte ja sogar die Hausnummer genannt. Das war die reinste Einladung gewesen.

Er brauchte mehr Beweise. Ja, er musste unbedingt noch einmal zur Lohmann-Werft. Er wusste nicht wie, aber vielleicht erfuhr er noch etwas.

Und wenn Lohmann dort war? Wenn er ihn sah und begriff, dass David ihm auf der Spur war?

Der Hamburger lag ihm plötzlich schwer wie Blei im Magen, sein Mund war trocken, und für einen Moment fühlte er Übelkeit. Aber Lohmann würde nicht da sein. Meistens, hatte Verena gesagt, sei der Chef in Finkenwerder auf der anderen Werft. David konnte nicht einfach zu Hause sitzen und gar nichts tun. Außerdem war es ganz einfach: Wenn Lohmanns Audi im Hof stand, ging er einfach weiter. Dann musste ihm eben was anderes einfallen.

Noch nie war ihm die Fahrt nach Hause so trödelig vorgekommen. Wie lange mochten die Bootsbauer arbeiten? Sicher fingen sie früh an und machten anders als Ulla entsprechend früh Feierabend. Verena schon um drei. Sie war nur Praktikantin und gerade erst fünfzehn, die anderen würden länger arbeiten. Es war fast eins, blieben mindestens noch zwei Stunden, wahrscheinlich eine mehr. Das reichte, erst recht, wenn er sich beeilte. Es war klar: Ein Verbrechen war geschehen. Wenn das sonst niemanden kümmerte, musste eben er etwas unternehmen.

‹Du bist vierzehn›, hatte Ulla gesagt, ‹ein Schüler.›

Na und? Er wollte sich nur ein bisschen umhorchen, spionieren. Und was sollte ihm am hellichten Tag schon passieren?

Über seinem Grübeln, mit welchem halbwegs plausiblen Grund er sich am besten wieder in die Werft einschlich, hätte er fast seine Haltestelle verpasst. Die Bustür schloss sich schon wieder, als er merkte, dass er am Ziel war und aufsprang.

Von der Haltestelle waren es genau zwölf Schritte bis zum Weg am Kanal entlang und zu den Werften. Und er wusste immer noch nicht, was er sagen sollte. Er konnte unmöglich einfach Hallo sagen und ob er nochmal die Boote angucken dürfe. Die würden ihn für bekloppt halten. Oder für einen Schleimer. Jedenfalls würden sie ihn gleich wieder wegschicken, und Verena – er mochte sich nicht vorstellen, was Verena denken würde.

Andererseits fand sie es vielleicht gut, wenn er sich für die Boote interessierte. Er könnte sagen, er hätte noch ein paar Fragen. Das musste sie gut finden.

Fragen also. Welche?

Ihm fiel keine ein, die echt oder auch nur halbwegs

schlau klang. Das meiste von dem, was sie ihm erzählt und erklärt hatte, hatte er schon wieder vergessen. Es war einfach zu viel gewesen. Nur das mit dem Holz erinnerte er noch, mehr als 200 Arten Mahagoni, oder 300?, und dass man nicht alle für den Bootsbau verwendete.

Er könnte nach dem Meister fragen, Herrn Krug, und erklären, er interessiere sich für die Probleme der Werften, für einen Aufsatz in der Schule. Oder für Tropenhölzer?

Endlich hatte er eine passende Idee! Sogar eine ganz fabelhafte. Das Schiff, natürlich. Warum hatte er nicht gleich daran gedacht. ‹Der Rumpf ist echt Mahagoni›, hatte sein Vater gesagt, als er es mitbrachte. Sie waren wenige Tage zuvor am Hafen gewesen und hatten eines der großen Segelschulschiffe besichtigt, die manchmal dort festmachten und die halbe Stadt anlockten. David erinnerte sich gut, wie er über die turmhohen Masten gestaunt hatte, er war damals ja noch ziemlich klein gewesen, und wie sein Vater versprochen hatte, dass sie irgendwann zusammen eine Reise auf so einem Schiff machen würden. Bis Australien. Irgendwann. Das war ein Traum geblieben, doch ein paar Wochen später hatte er das Modellschiff bei einem Trödler entdeckt und David mitgebracht. Es war etwa fünfzig Zentimeter lang und nicht annähernd so schnittig wie das echte im Hafen, es hatte auch nur zwei Masten ohne Segel, von denen einer schon ziemlich wackelte, und wirkte überhaupt sehr selbst gemacht. Aber es war ein Segelschiff und aus Mahagoni. Wie die Boote in Lohmanns Werft.

Nach dem Umzug hatte Ulla es auf den Speicher stellen wollen, weil David damit ja doch nicht mehr spiele, aber das hatte er nicht zugelassen. Sein Zimmer war ziemlich klein, also hatte er es auf den Schrank gestellt. Vorne an den Rand, damit er es ab und zu ansehen konnte. Den Mast hatte sein Vater ersetzen wollen, auch das kaputte Dach von dem Deckshaus, aber dazu hatte er nie Zeit gefunden.

‹Zum Glück›, dachte David jetzt, ‹echt zum Glück.› Nun musste er sich nur noch eine passende Geschichte einfallen lassen. ‹Geburtstag›, dachte er, ‹wenn es um Mütter und Geburtstage ging, konnte keiner nein sagen.›

Von Lohmanns Auto war weit und breit nichts zu sehen, auch nicht im Durchgang zum Poßmoorweg, wo David sicherheitshalber nachgesehen hatte. Als er noch zögernd am Hoftor stand, kam der Meister aus dem Büro.

«Du hast Pech, Junge», sagte er und sah halbwegs freundlich aus. «Verena ist heute früher nach Hause gegangen, sie hat was zu erledigen.»

Das war wirklich Pech. David hatte sich schon genau überlegt, wie er sie über Lohmann ausfragen wollte, falls sie sich überhaupt wieder um ihn kümmerte.

«Macht nichts», sagte er und fand, dass er völlig ehrlich klang, «ich wollte sowieso zu Ihnen, Herr Krug. Ich will Sie was fragen.»

«Wenn es um ein Praktikum geht, kannst du dir das Fragen sparen, David. Da hast du keine Chance. Dies ist ein kleiner Betrieb mit sehr spezieller Arbeit, für Schulpraktikanten haben wir keine Zeit und auch keine Beschäftigung. Für Verena wird hier nur eine Extrawurst gebraten. Tut mir Leid für dich, aber so ist es und so bleibt es.»

Was jetzt kam, war keine Lüge, sondern kluge Strategie. David nickte mit betrübtem Gesicht und sagte: «Schade, ich hätte auch gerne so ein Praktikum gemacht. Schiffe, also ich meine richtige Holzboote, sind wirklich was Besonderes. Das sagt meine Mutter auch», fügte er mit besonders bravem Blick hinzu. Wenn er so keinen guten Eindruck machte, wie dann? «Verena hat mir schon gesagt, dass Sie für sie eine Ausnahme gemacht haben. Ich habe eine andere Bitte, also, ich meine, ich will natürlich dafür bezahlen …»

Herr Krug lachte laut auf: «Willst du dir ein Boot bauen lassen? Da wirst du erst tüchtig sparen müssen, Junge. Nee, ich mach nur Spaß, du weißt natürlich, dass auch ein kleiner Kahn viel Geld kostet. Sonst verkaufen wir hier aber nichts.»

«Ich möchte ein Stück Holz kaufen, für so 'ne Art Flachdach …» David stellte seine große Sporttasche auf die Erde und hob vorsichtig das Schiff heraus. Es war schwerer, als es aussah. «Es muss aber echtes Mahagoni sein, solches, wie für Ihre Boote, und ich dachte, sie haben vielleicht ein Stück übrig. Gegen Bezahlung natürlich, ich weiß, dass das teures Holz ist.»

Herr Krug runzelte die Stirn. «Das ist ja 'n hübsches altes Stück», murmelte er und pustete ein bisschen Staub vom Deck, «nicht gerade ein Meisterwerk, da hat der Miniaturbootsbauer wohl noch geübt, aber doch so was wie ein netter kleiner Gaffelschoner. Zwei Masten, also einer von der kleinen Sorte. *Helena von Rosen*», entzifferte er mit zusammengekniffenen Augen den schon undeutlichen Namenszug am Bug, «auch ein hübscher Name. Es hat mal einen Gaffelschoner mit sieben Masten gegeben, wusstest du das? Vor knapp hundert Jahren. Sieben Masten. Das war ein Riesenschiff für damalige Verhältnisse, mehr als hundert Meter lang. Wohl zu riesig, jedenfalls ist die *Thomas Lawson* fünf Jahre nach dem Stapellauf gekentert und gesunken. Wo hast du denn diesen her?»

«Den hat mein Vater mir geschenkt, genau genommen», fuhr David entschlossen fort, «mir und meiner Mutter. Er wollte es immer reparieren, aber er ist nicht dazu gekommen. Er ist jetzt nämlich in Australien. Und ich dachte, vielleicht kann ich es machen. Meine Mutter hat nämlich bald Geburtstag, und weil sie das Schiff so gerne mag, will ich es für sie reparieren. Zum Geburtstag», wiederholte er hastig, allmählich kam ihm seine ganze Idee, dieses ganze verlogene Geschwafel, total albern vor. Doch nun gab es kein Zurück mehr, wenn schon, denn schon, jetzt musste noch der ‹gute Sohn› zum Einsatz kommen: «Ich dachte, das ist ein besseres Geschenk, als wenn ich einfach was kaufe. Ich meine, irgendwas Unpersönliches.»

«Stimmt genau. Das kommt bei euch jungen Leuten leider aus der Mode, dafür brauchst du dich aber nicht zu schämen.» Ausnahmsweise war es mal günstig, dass David bei seiner rein strategischen Lüge wieder rot geworden war. «Wenn ich das alles richtig verstehe, möchtest du ein Stück Mahagoni bei uns kaufen und ein neues Dach für das Deckshaus machen ... Stimmt's?»

David nickte.

«Na, dann komm mal mit», sagte Krug und marschierte, das Schiff mit beiden Armen vor dem Bauch haltend, zu dem großen Schuppen mit den halb fertigen Booten. «Eigentlich müsste das ganze Boot mal gründlich aufgearbeitet werden, Holz will gepflegt werden. Und der vordere Mast wackelt ja wie'n Katzensteert. Aber eins nach dem anderen. Woll'n erst mal sehen, ob wir ein passendes Stück für das Dach finden. Mahagoni – für deine Mutter ist dir nichts fein genug, was? Das finde ich gut, David, du hättest auch im Baumarkt ein Stück Kiefer kaufen können und anpinseln. Das wäre ziemlich hässlich geworden, aber die meisten Jungs in deinem Alter hätten es so gemacht, und ihre Mutter hätte sich auch gefreut.»

Diesmal wurde David tatsächlich rot, weil er sich schämte. Aber nur ein kleines bisschen.

Wenigstens konnte er wirklich versuchen, das Schiff zu reparieren, sicher freute Ulla sich darüber, auch wenn sie die alte *Helena von Rosen* nicht gerade liebte. Wahrscheinlich würde sie Oma erzählen, was er in den Ferien Tolles gemacht hatte, was Kreatives, anstatt immer nur vor der Glotze und dem PC zu hocken. Wenn das kein Grund für Schamröte war! Über Lohmann allerdings würde er kaum etwas erfahren, wenn Verena nicht hier war. Herrn Krug auszufragen traute er sich nicht, der würde ihm auch nichts erzählen.

In der kleinen Werkstatt neben der Halle, in der die Boote gebaut wurden, waren ein paar halbwegs passende Stücke Mahagoniholz schnell gefunden. Der Meister nahm einen Zollstock und maß von jedem ganz genau die Länge und prüfte auch die Dicke.

«Dieses müsste passen», sagte er endlich und hielt einen der schmaleren Bretterreste in die Höhe, «davon kann man ein passendes Stück absägen. Es ist nur zwei Zentimeter zu breit, das machen wir auch passend, und die Färbung stimmt nicht genau, aber so ist das mit Holz, kein Stück ist wie das andere. Und es gibt so viele Sorten Mahagoni, na, das hat Verena dir sicher auch schon erzählt. Es ist ein paar Millimeter dicker als das alte Dach, das wird deine Mutter wohl nicht stören, was? Ist ja Handarbeit. Sicher merkt sie es gar nicht. Und wie soll's jetzt weitergehen?»

David schluckte. Er hatte keine Ahnung. «Jetzt muss ich es passend machen und, na ja, einpassen?»

«Kürzen, bearbeiten und einpassen, genau. Und zwar akkurat! Und dann lackieren. Hast du zu Hause überhaupt das richtige Werkzeug?»

Bevor David antworten konnte, grinste er und winkte ab. «Hast du nicht, ich verstehe schon. Jonas!!», brüllte er plötzlich. «Deine gute Idee muss belohnt werden», fuhr er mit normaler Stimme fort, «und deine Mutter hat sicher eine Überraschung verdient, oder?»

Jonas kam wie der Blitz angesaust. Der Auftrag, aus dem rohen Stück Holz ein anständiges Dach für das kleine Deckshaus zu machen, schien ihn nicht zu wundern. «Und sieh mal zu, dass du auch den Mast wieder festkriegst, Jonas», hatte Herr Krug im Rausgehen noch gesagt.

Offenbar erklärte Jonas genauso gerne wie Verena. So lernte David, wie man mit einer Spezialsäge auch bei kleinen Holzteilen akkurate, millimetergenaue Kanten hinbekam (wenn man wusste, wie es geht), er sah zu, wie Jonas behutsam den wackeligen Mast heraushebelte, die Reste des alten Daches löste und die Bruchstellen picobello glatt und sauber machte. Nachdem Jonas auch den Mast unten sauber abgeschmirgelt und mit Leim wieder eingesetzt hatte, hörte David, wenn die Säge nicht gerade laut kreischte, dass Jonas einen schnell trocknenden Leim verwendete, damit er das Schiff gleich wieder mitnehmen könne. Davids eifrigen Einwand, er könne es ja über Nacht hier lassen und morgen abholen, überhörte er. Von dem Lack – kein

Bootslack, der war zu dick, sondern ganz feiner – wollte er für David ein Fläschchen aus dem Kanister abfüllen.

«Einen Pinsel wirst du sicher auftreiben, dann kannst du es zu Hause anpinseln. Ganz dünn, das ist wichtig, über Nacht trocknen lassen und dann noch eine Schicht. Das müsste reichen.»

David gestand es sich ungern ein, aber auch Jonas war ziemlich nett.

«So», sagte er, als das Stück Holz die richtigen Maße hatte, «jetzt bist du dran, David. Da sind scharfe Kanten, die müssen geglättet werden, und die Flächen auch. Na los», rief er, als David ihn nur fragend ansah, «oder hast du noch nie mit Schmirgelpapier gearbeitet? Es ist ganz einfach. Für die Kanten nimmst du zuerst das grobe, dann ein feineres und zum Schluss das ganz feine, das ist dann wie Politur und macht das Holz glatt wie Seide. Die Flächen sind schon ziemlich glatt, da kannst du gleich das feine nehmen.»

Es dauerte nur wenige Momente, bis David raushatte, wie die Schmirgelei ging, bis er weder zu stark noch zu leicht über das Holz fuhr. Dabei war er mit seinen Gedanken ganz woanders. Jetzt war die beste Gelegenheit, genau genommen die einzige.

Es ging leichter, als David gedacht hatte. Er brauchte nur nach dem Verkauf der Grundstücke zu fragen, schon redete Jonas wie ein Wasserfall, wenn er zwischendurch auch hin und wieder einen Blick zu der

Tür warf, durch die der Meister verschwunden war. Aber der blieb verschwunden.

Der Verkauf, sagte Jonas, sei eine Schweinerei. Seit heute Morgen gehe am Kanal das Gerücht um, die Stadt plane es nicht nur, sondern habe die Grundstücke schon verkauft, und die Kündigungen der Pachtverträge könnten jeden Tag in der Post sein.

«Angeblich ist es dabei aber nicht mit rechten Dingen zugegangen», er kniff David ein Auge zu und rieb Daumen und Zeigefinger gegeneinander, «du verstehst schon: großer Deal mit Schmiergeldern. Auf diesen Streifen Land am Kanal waren garantiert viele scharf, darauf kannst du deinen Kopf verwetten, ein Bündel Scheine über den Amtstisch gibt dann den Ausschlag. Aber ich will nichts gesagt haben, nachher kriegen sie mich noch wegen Verleumdung dran. Das ist alles nur 'n Gerücht. So, jetzt kannst du das mittlere Schmirgelpapier nehmen, sonst hast du gleich eine Delle im Holz.»

David nahm den neuen Bogen mit der feinen Körnung und arbeitete weiter. «Aber dein Chef müsste das doch genau wissen», sagte er, den Blick fest auf seine Arbeit gerichtet.

«Der Meister? Der sagt kein Wort. Wahrscheinlich weiß er auch noch nichts Genaues. Er sagt nur, um meine Lehre soll ich mir keine Sorgen machen, bis zu meiner Gesellenprüfung könnten sie uns hier nicht rausschmeißen. Und danach will ich sowieso Schiffbau studieren.»

«Ich meinte eigentlich Herrn Lohmann. Als Besitzer muss er doch über alles Bescheid wissen.»

Jonas zuckte die Achseln und legte den Kopf schief. «Kann schon sein, der hat sicher seine Informanten. Aber ich bin hier bloß der Lehrling, mir sagt der bestimmt nichts. So wie der seit ein paar Tagen gelaunt ist, erst recht nicht. Ich mach einen Bogen um den, es reicht, wenn meine Freundin ab und zu ihre miese Laune an mir auslässt.»

Dass Jonas eine Freundin hatte, hörte David ausgesprochen gern. Und nun?

«So'n Werftbesitzer muss sicher viel arbeiten», sagte er. «Im Büro, meine ich, wegen der Buchführung und der Rechnungen. Sicher arbeitet er manchmal bis in die Nacht, oder? Ich glaube, ich hab hier mal ein Licht brennen sehen.»

«Keine Ahnung, ich arbeite jedenfalls nicht bis in die Nacht. Okay, manchmal kommt es vor: Wenn ein Auftrag extrem eilig ist, klotzen wir alle ran bis zum Umfallen. Das ist Ehrensache. Aber das sind Ausnahmen. Es kann trotzdem gut sein, dass Lohmann manchmal noch spät hier ist. Seit der die zweite Werft gekauft hat, muss er auch für zwei arbeiten. Ist schließlich sein Eigentum, da gibt's nie Feierabend. Ich will später nicht selbständig sein, ein eigener Betrieb macht einen völlig fertig. Das sieht man ja an Lohmann. Ich glaube, zur Zeit hat der jede Nacht Albträume, so wie der aussieht. Völlig Scholle, der Mann. Und jetzt das ganz feine Papier, David, nochmal über die Kanten, dann mit dem Poliertuch drüber und fertig.»

Das kleine Dach war tadellos geworden. Seine Oberfläche fühlte sich wirklich an wie Seide. In der Zeit, die der Leim brauchte, um genug zu trocknen, damit David seinen Schatz behutsam nach Hause tragen konnte, fand er nichts mehr heraus. Die meiste Zeit redete Jonas über die Fußballspiele, die er an den letzten Abenden gesehen hatte. David musste dazu nur ab und zu nicken, während er vergeblich über eine neue unauffällige Frage nachgrübelte.

Die Idee, noch einmal in die Werft zu gehen, hatte keine neuen Beweise gebracht. Nicht mal Hinweise. Immerhin hatte er für das Holz nichts bezahlen müssen. ‹Behalt dein Taschengeld›, hatte Herr Krug gesagt und ihm väterlich auf die Schulter geklopft. ‹Wie schon gesagt: Gute Ideen müssen belohnt werden. Kauf deiner Mutter dafür einen ordentlichen Blumenstrauß. So was mögen Frauen, besonders zum Geburtstag.›

Schließlich erklärte Jonas, David könne ‹das Ding› nun mitnehmen, er müsse es vorsichtig tragen und noch ein paar Stunden lang nicht an den Mast und auch nicht an das Dach stoßen, aber spätestens morgen säße beides bombenfest. Bis zum Jüngsten Tag.

«Mensch», rief er und schlug sich an die Stirn, als Herr Krug zurückkam, um zu sehen, ob David fertig sei, «das hätte ich fast vergessen. Kommt Herr Lohmann heute nochmal her?»

David sah ihn erschrocken an. Lohmann? Wollte Jonas etwa nach dem Stand der Grundstücksverkäufe fragen und damit verraten, dass David versucht hatte, ihn auszufragen?

«Nein, er hat heute Nachmittag Termine in Finkenwerder», sagte Herr Krug. «Warum?»

«Weil im Lager seine Aktentasche liegt, er hat sie vergessen, als er heute Morgen hier war. Bestimmt vermisst er sie schon. Seine Jacke hat er auch dagelassen, die liegt neben der Tasche.»

Herr Krug wackelte überlegend mit dem Kopf. «Ich glaube nicht, das was Wichtiges in der Tasche ist, dann hätte er längst angerufen und danach gefragt», sagte er dann. «Lass sie einfach liegen, Jonas. Ich rufe ihn an und sage Bescheid. Es ist unwahrscheinlich, dass er deswegen extra von der anderen Elbseite herkommt.» Er beugte sich über das Schiff, das repariert und ordentlich entstaubt zwischen zwei Balken gestützt auf der Arbeitsplatte stand. «Das ist ja prächtig geworden, David. Jetzt musst du es nur noch lackieren. Hat Jonas dir schon was von dem Lack abgefüllt?»

David hielt das Fläschchen hoch, bedankte sich, und der Meister ging aus der Werkstatt. David beobachtete, wie er im Hof für einen Moment stehen blieb und nach der Tür mit der Aufschrift ‹Lager› sah, den Kopf schüttelte und im anderen Schuppen verschwand, im Büro.

Leider musste er jetzt auch verschwinden. «Nichts Wichtiges drin», hörte er Jonas knurren, «das sagt der so einfach. Der Lohmann schleppt doch ständig wichtige Papiere mit sich rum. Gerade heute, wo der Heini von der Bank hier war und sich alles angeguckt hat. In jede Ecke ist der in seinem feinen Zwirn gekrochen. Na, mir kann's egal sein.»

Er half David, die *Helena von Rosen* wieder in die Sporttasche zu setzen. «Okay, David», sagte er dann, «wenn der Leim richtig durchgetrocknet ist und der Mast nicht hundertprozentig gerade steht, komm wieder her, dann müssen wir nochmal ran. Und jetzt muss ich dringend wieder an meine richtige Arbeit», er tippte zum Abschied grinsend an seinen Mützenrand, «sonst wird doch noch eine kleine Spätschicht fällig.»

«Heute?»

«Nee, war nicht so ernst gemeint. Und heute sowieso nicht, auf keinen Fall. Du bist wohl kein Fußballfan, was? Heute ist doch das nächste Spiel. Halbfinale. In anderthalb Stunden ist hier Feierabend, danach triffst du bei uns und bei den Nachbarn höchstens noch 'ne Wasserratte.»

5) IN DER FALLE

Es war den ganze Tag nicht richtig hell gewesen – von wegen goldener Oktober –, sondern düster und trübe wie im November. Um sechs war es stockdunkel. David hatte das Schiff wieder auf dem Schrank deponiert, dort konnte der Leim ungestört aushärten. Vielleicht würde er es Ulla zeigen, vielleicht auch nicht. Nun stand er am Fenster und starrte hinaus. Er hatte alle Lampen ausgeknipst, sonst hätte er nur sich selbst in der schwarz spiegelnden Scheibe gesehen. Gut, dass die Wohnung so weit oben lag und die Bäume entlang der Straße noch zu klein waren, um den der Blick auf die Werften völlig zu versperren. Natürlich konnte er nur die zum Kanal zeigenden Rückseiten der Gebäude sehen, der große Innenhof und die links und rechts davon stehenden Schuppen blieben dahinter und hinter den hohen Bäumen verborgen. Trotzdem hätte er erkennen können, wenn dort ein Licht gebrannt hätte, auch durch den schon wieder dichter werdenden Nebel.

Es war komisch mit Nebel. Einerseits verschluckte er alles, sogar Geräusche, andererseits ließen die unzähligen winzigen Wassertröpfchen, aus denen er bestand, ein Licht zwar matter und diffuser erscheinen, reflektierten es aber weiter. Jedenfalls war es David immer so vorgekommen, wenn er hier gestanden und in die Nacht hinausgesehen hatte. Da drüben reflektierte gar nichts. Nur auf dem hinter den Werften hoch aufragenden halb fertigen Neubau brannte eine Lampe und weiter rechts die Straßenlaternen der Barmbeker Straße.

David musste immer an die Aktentasche denken, die Lohmann im Lager liegen gelassen hatte. Und an die Jacke. Besonders an die Jacke. Vielleicht waren die Flecken am Ärmel doch Blut. Man könnte die Blutgruppe bestimmen, und dann wusste man – was wusste man dann? Zumindest ob es menschliches Blut war und ob es von Lohmann selbst stammte. Wenn er eine andere Blutgruppe und keine plausible Erklärung für die Flecken hatte, war das noch kein Beweis, aber ein Hinweis. Dann hatte Lohmann was zu erklären.

Die Jacke wäre ein Anfang. David drehte sich rasch um und knipste tief Luft holend die Deckenbeleuchtung an. Schon der Gedanke, im Dunkeln wieder diesen Weg zu gehen, ließ ihm die Knie weich werden. Erst recht allein und im Nebel, der alles noch unheimlicher machte, noch gruseliger, als es dort für ihn seit vorgestern ohnedies war. Und was sollte er dort tun? Die Werfttore waren garantiert dreifach abgeschlossen, geradezu verrammelt, und mit Alarmanlagen gesichert. Er konnte sich die Schlagzeile vorstellen: ‹Jugendlicher als Einbrecher geschnappt.› Das war genau, was er brauchte. Und was Ulla brauchte. Unbedingt.

Selbst wenn es ihm gelang, unbemerkt hineinzukommen, wenn er es bis ins Lager (noch eine gut verschlossene Tür) schaffte, sogar die Jacke fand und unbemerkt wieder rauskam – was dann? Sollte er zur Polizeiwache gehen und sagen: ‹Guten Abend, ich bin gerade eingebrochen, mal eben so, und habe die Jacke von dem Mörder geholt›?

Das war ja schwachsinnig. Die würden ihn einsperren, ab in den Jugendknast. Oder gleich in die Klapsmühle. Überhaupt konnte er gar nicht sicher sein, dass es Lohmann gewesen war, den er in der Nacht gesehen und der ihm nachgerannt war. Wahrscheinlich war das nur ein Schnapsidee. Oder erste Anzeichen von Verfolgungswahn.

Verdammt. Was sollte er nur tun? Sicher war nur eins: Wenn er gar nichts tat, konnte er nie mehr sicher sein.

Zu behaupten, David hätte es ohne Probleme über das hohe Tor geschafft, wäre gelogen. Er war ziemlich gut in Sport, aber mit angstschweißnassen Händen zog es sich schlecht an einer glatten, gut zwei Meter hohen Fläche rauf. Ohne den zähen alten Busch hätte er es kaum geschafft. Nur gut, dass er so lange Beine hatte und so dünn war, unter einem Fettsack wären die Äste gebrochen wie Streichhölzer.

Dann stand er im Hof, hielt den Atem an und sah

sich um. Jetzt war er also drin. Seltsamerweise fühlte er sich hier viel sicherer als draußen. Wie sollte er nachher bloß wieder rauskommen? An dieser Seite des Tores stand kein Busch. Egal, darüber konnte er später nachdenken. Dann musste er eben Anlauf nehmen. Jetzt war nur wichtig, dass niemand hier war. Er lauschte und hörte nichts als entfernte Motorgeräusche von der Straße, nirgendwo brannte Licht, und im Hof parkten nur Boote, kein Auto.

Seine Augen hatten sich längst an die Dunkelheit gewöhnt. Er schlich rasch über den Hof zu der Tür des Lagers und drückte die Klinke herunter. Abgeschlossen, logisch. Doch dann hatte er totales Glück. Das Fenster neben der Tür war alt, der Holzrahmen schon ein bisschen verzogen. Als David ihn abtastete und dagegendrückte, öffnete das Fenster sich zwar nicht, aber es saß auch nicht richtig fest. Er drückte heftiger gegen den rechten Fensterflügel, der schien sich zu bewegen, einen Zentimeter nur, aber immerhin. David drückte nochmal, nochmal – das kurze kräftige Knirschen, mit dem der Flügel plötzlich nachgab, klang in seinen Ohren wie ein Donnerschlag.

Ohne sich noch einmal umzusehen, zwängte er sich durch die schmale Öffnung und stand im Lager. Er hatte gedacht, draußen sei es dunkel, nun erfuhr er, was wirkliche Dunkelheit bedeutete. Im ersten Moment war er blind wie ein Maulwurf, dann erkannte er Schemen, das mussten Regale sein. Holz wurde hier nicht gelagert, das hätte anders gerochen. Hier roch es nur ein bisschen moderig und leicht nach Farbe. Der Raum schien lang und schmal zu sein, wahrscheinlich reichte die hintere Schmalseite bis zum Kanal.

David kniff die Augen zusammen und versuchte mehr zu erkennen. Da schimmerte ein heller Fleck auf etwas, das nach einem Tisch aussah, das musste die Jacke sein. Sie war es, und daneben lag auch die Aktenmappe, ein altes abgeschabtes Ding. An die Taschenlampe hatte er nicht gedacht. So was Blödes! Wenn wichtige Papiere in der Mappe lagen, konnte er sie nicht mal lesen. Ein guter Einbrecher würde aus ihm nie werden.

Die Mappe gab wenig her, er fand darin nur einen dünnen Schnellhefter, eine Zeitung, einen Apfel und eine halb volle kleine Wasserflasche. Als seine Finger in die erste Tasche der Jacke glitten – es schien genauso eine zu sein, wie er sie in der Nacht gesehen hatte –, hörte er etwas. Was war das für ein Geräusch? Da öffnete jemand das Tor. Und jetzt? Jetzt fuhr ein Auto in den Hof. Lohmann! Er war doch zurückgekommen, er wollte seine Jacke holen, die verräterische Jacke. Das Motorengeräusch erstarb, eine Autotür wurde geöffnet und leise wieder geschlossen.

David starrte steif wie eine Salzsäule auf die Tür und das Fenster. Wenn er wenigstens den Flügel wieder rangeschoben hätte. So war Lohmann gewarnt. Wenn er die Tür öffnete, konnte David nicht mehr den Moment der Überraschung nutzen und an ihm vorbei und zum Tor hinausflitzen – falls Lohmann es offen gelassen hatte. Er musste das offene Fenster sehen, dann war er gewarnt, er würde David gleich abfangen und festhalten.

Panisch sah er sich um, wenn da noch ein Fenster wäre, müsste er es als helleren Fleck in der Wand erkennen. Da war nichts. Nur lückenlose Dunkelheit. David saß in der Falle.

Ulla Bauer trommelte nervös mit den Fingerspitzen auf ihre Schreibtischplatte, lauschte auf das gleichmäßige tutuut-tutuut-tutuut im Telefon und legte schließlich seufzend auf. Sie hatte sich fest vorgenommen, David nicht zu kontrollieren. Der Anruf war auch keine Kontrolle, eigentlich, sie machte sich Sorgen. Womöglich fand er es sogar gut, wenn sie anrief. Sie selbst freute sich meistens, wenn sie alleine war und das Telefon klingelte. Wo war er nur? Und wieso war der Anrufbeantworter nicht an? Zum ersten Mal überlegte sie, ob es richtig gewesen war, sich strikt zu weigern, ihm ein Handy zu kaufen.

In ihrer Phantasie sah sie ihren Sohn schwer verletzt unter den Rädern eines LKW, sah ihn mit diesen tätowierten Jungs, die sich manchmal an der S-Bahn-Haltestelle rumtrieben. Am Kanal sah sie ihn nicht. Nach dem, was er dort erlebt hatte (egal, was es tatsächlich gewesen war), traute er sich in der Dunkelheit ganz sicher nicht mehr dorthin.

«Mir reicht's für heute, es ist schon acht. Morgen lasse ich um Punkt sechs Uhr den Griffel fallen, das schwöre ich.» Lunds Sekretärin stand in der Tür, ihr Mantel und der Wollschal um ihren Hals zeigten, dass sie nun nach Hause gehen würde. «Und du, Ulla? Willst du hier Wurzeln schlagen?»

«Nicht wirklich, Karin. Du kennst ja meinen Deal mit unserem Chef: Diese Woche kräftig Überstunden, bis wir das Miami-Projekt in der Tasche haben, und nächste Woche Urlaub mit David. Sicher ist es überflüssig, aber ich mach mir Sorgen. Draußen ist es längst dunkel, und David ist nicht zu Hause, jedenfalls geht er schon seit einer Stunde nicht ans Telefon.»

«Mensch, Ulla, dein Junge ist vierzehn. Der ist kein Baby mehr, das schon Stunden vor dem Abendessen an deinem Küchentisch sitzen muss. Vielleicht gondelt er mit den Stadtbussen durch die Gegend, er hat doch eine Schülermonatskarte. Ich hab das früher ab und zu gemacht, wenn ich mich in den Ferien gelangweilt habe und kein Geld fürs Kino hatte. Das war allemal besser als zu Hause rumzusitzen.»

«Kino! Natürlich, David ist im Kino. Dafür habe ich ihm Geld gegeben, das hatte ich völlig vergessen. Mein Kopf braucht wirklich dringend eine Erholungspause. Aber auch dann müsste er schon zurück sein, ich habe ihm nur die Nachmittagsvorstellung erlaubt. Die müsste schon aus sein, oder?»

«Nachmittagsvorstellung! Wo lebst du denn? In dem

Alter meint man damit die, die um sechs anfängt. Die davor ist für den Kindergarten. Du musst ihn ein bisschen mehr von der Leine lassen, Ulla. Nur weil du ihn alleine groß ziehst, wird dich keiner für eine Rabenmutter halten, wenn er ein bisschen rumstromert. Sei froh, dass er noch nicht abends um elf in die Disco abhaut wie meine beiden. Das kommt bald genug, dann kannst du dir echt Sorgen machen.»

Sie sagte tschüs und Ulla solle nicht mehr so lange schuften. Der Urlaub stünde ihr doch sowieso zu, und alle seien schon gegangen, die ganze Abteilung, sogar Lund. Dabei heiße es doch immer, der Kapitän verlasse als Letzter das Schiff.

Ulla beugte sich wieder über ihre Arbeit. In einer Stunde, dachte sie, frühestens in einer Stunde rufe ich wieder an.

Der Mann, der aus dem Auto gestiegen war, stand immer noch im Hof. David konnte durch das halb geöffnete Fenster seine Gestalt sehen. Jetzt bewegte er sich. Jetzt kam er näher. David tastete sich durch die Dunkelheit an die hintere Wand, jetzt nur nicht stolpern, keinen Lärm machen! Irgendwo *musste* ein Versteck sein, hinter einer Kiste oder in einer Ecke. Da war keine Kiste, da waren nur Regale an den Wänden. Der Tisch. Er hätte unter den Tisch kriechen können, wenigstens das. Dazu war es nun zu spät, er konnte nicht zurück, nicht so nahe zur Tür.

Er hörte ein leichtes Klacken von Metall gegen Metall, als suche jemand an einem dicken Bund den richtigen Schlüssel, er drückte sich fester an die Wand, ein Schlüssel wurde behutsam tastend ins Schloss geschoben – da fühlte er es, hinter seinem Rücken, eine Türklinke. Da war eine Tür, die er nicht gesehen hatte. Ein anderer Raum. Ein Versteck!

Die Klinke ließ sich herunterdrücken, es ging ganz leicht, die Tür gab just in dem Moment knarrend nach, als die vordere geöffnet wurde, und er schlüpfte in den nächsten Raum.

«He!», rief eine Männerstimme. «Ist da jemand? He, bleib stehen!»

David dachte nicht daran. Er sauste durch den kleinen Raum zu einem quadratischen helleren Schein, schlug sich den Knöchel an etwas Eisenhartem und merkte kaum, dass es höllisch wehtat. Er hechtete nach vorne, stieß das Fenster auf und war mit einem Sprung draußen. Eine fette Wasserratte zischte aufquietschend in den Kanal, und David – blieb auch kein anderer Fluchtweg.

Er sprang in den Kanal, stolperte und fing sich, das Wasser reichte ihm hier am Rand nur bis zur halben Wade. Er stolperte vorwärts durch den morastigen Grund und hörte nicht auf die zornige Stimme aus dem Fenster hinter ihm. Verdammt, da war ein zweieinhalb Meter hoher Maschendrahtzaun bis ins Wasser gebaut. Ohne nachzudenken, machte er einen großen

Satz, griff mit beiden Händen fest die hoch aufragende seitliche Stange, schwang sich daran herum und war auf der anderen Seite.

6) LEBENSGEFAHR!

David hörte das Klingeln des Telefons, als er die Wohnungstür aufschloss. Ulla. Und ganz sicher war das nicht ihr erster Versuch.

«David», fragte sie gleich, als er abgenommen hatte, «bist du wieder da?»

«Klar», sagte er und bemühte sich, das letzte Keuchen von der Rennerei zu unterdrücken.

«Was ist los? Du klingst so komisch?»

«Mir geht's gut, Mama, ich bin nur die Treppe raufgerannt, und das Stück vom Bus auch.» Allmählich wurde sein Atem ruhiger. «Ich, na ja, ich war im Kino. Ja, im Kino. Du hast mir doch eine Vorstellung spendiert, und es hat ziemlich lange gedauert, da dachte ich …»

«Das ist okay, David, deshalb musst du doch nicht nach Hause rennen. War's schön? Nachher erzählst du mir, was du gesehen hast, ja? David, ich hab mir was überlegt. Es wird heute sicher wieder halb zehn, bevor ich fertig bin. Was hältst du davon herzukommen? Außer mir ist kaum noch jemand hier, du störst überhaupt nicht. Bring dir ein Buch mit, und ich bestell uns eine Pizza. Du musst dir aber ein Taxi rufen, David, ich will nicht, dass du mit dem Bus fährst und das letzte Stück allein durch diese Straßen läufst. Hier ist es um diese Zeit grotteneinsam.»

Nichts hätte David lieber getan. Aber es ging nicht, er hatte zu tun.

«Och nö», sagte er, «im Fernsehen läuft das Fußballspiel, das will ich mir angucken.»

«Das Spiel, ach ja, das hatte ich vergessen. Halbfinale, nicht?» Sie klang ein bisschen enttäuscht. «Dann mach dir selbst was zu essen, in anderthalb Stunden bin ich auch da. Hältst du es so lange noch aus, mein Großer?»

Taxi, allein durch die Straßen, grotteneinsam – wenn sie wüsste, was er gerade erlebt hatte! Er hoffte, dass sie es nie erfuhr.

Als David das Telefon in die Halterung zurückgesteckt hatte, sah er an sich herunter. Wie gut, dass im Flur noch kein Teppich lag. Um seine Füße hatte sich ein schlammiger kleiner See gebildet. Er musste sich beeilen.

Er hatte sich noch um zwei von diesen bis ins Wasser reichenden Sperrzäunen (gegen Einbrecher!) schwingen müssen, bevor er einen Durchgang zum Weg gefunden hatte. Beim letzten war er auf dem morastigen Untergrund gestolpert und auf den Knien gelandet. Seine Jeans war patschnass und dreckig, seine Jacke auch, besonders die Ärmel, zum Glück war sie sowieso schwarz, und die Turnschuhe – Dreckklumpen, aber der meiste Matsch war bei seiner Flucht abgefallen. Er hatte befürchtet, der Kerl würde ihn an der Stelle erwarten, wo er aus dem Wasser wieder auf den Weg klettern konnte, aber da war niemand gewesen. Er hatte sich nicht lange umgesehen, sondern war gerannt. Mal wieder gerannt. Das Seitenstechen spürte er immer noch.

Eilig zog er sich aus, ließ die Klamotten auf den Boden fallen und flitzte ins Bad. Beine abduschen und Arme, das musste jetzt reichen. Gesicht waschen. Weiter. Er zog trockene Sachen an, raffte die nassen zusammen und stopfte sie in die Waschmaschine, füllte Waschpulver ein und drückte auf den Startknopf. Geschafft. Ein paar Minuten später war auch der Flur aufgewischt. Sie würde nichts merken. Bis sie kam, fiel ihm schon ein Grund ein, warum er plötzlich hausfrauliche Tugenden entfaltet hatte.

Fehlten nur noch die Schuhe. Eigentlich sahen die kaum schlimmer aus als nach einem ekligen Regentag. Er stellte sie in der Küche unter die Heizung und merkte endlich, dass er immer noch zitterte.

Wenn der ihn geschnappt hätte! Essen konnte er jetzt nichts, keinen Bissen. Er war nur durstig, als wäre er nicht durch einen Kanal und eine feuchte Nebelnacht geflüchtet, sondern durch die Sahara.

Nicht einmal auf das Fußballspiel konnte er sich konzentrieren, immer noch steckte ihm der Schrecken in den Gliedern. Als Oma anrief, stellte er den Ton ab und überzeugte auch sie davon, dass es ihm prima gehe. Nein, erklärte er brav, er langweile sich kein bisschen, Ulla komme gleich, und nächste Woche würden sie verreisen. Nach Fuerteventura.

«Na gut», sagte Oma, «Ulla muss es ja wissen. Aber sie sollte dich nicht so oft alleine lassen. Besonders abends.»

Dann schwärmte sie noch von den schönen Wanderungen, die man gerade jetzt im Herbst bei ihr im Taunus machen könne, wo viel gesündere Luft war als auf Fuerteventura, und ihr Blutdruck sei gar nicht gut in letzter Zeit.

Als David auflegte, war es plötzlich totenstill. Bis er die Schritte hörte. Da schlich jemand rum, oben, wo keiner mehr wohnte. «Idiot», sagte er laut, und: «Du Schisser.» Natürlich ging da nur jemand auf dem Dachboden herum und suchte etwas. Jetzt knarrte eine Tür, klar, die Dachbodentür, die knarrte immer. Nun waren vorsichtige Schritte auf der Treppe, im Flur vor der Wohnungstür – und gingen weiter hinunter, noch ein Treppe, und im ersten Stock klappte sanft eine Tür. Das war nur Frau Merrick gewesen, die schlich immer so.

Verdammt, er war doch sonst nicht so ein Angsthase. Gut, dass ihn hier keiner beobachten konnte bei seinem Sabber-Angst-Anfall. Auch nicht mit dem Fernglas von gegenüber, wie es in Filmen manchmal passierte. Hier gab es kein Gegenüber, nur den freien

Blick über den Goldbekkanal hinüber zu den Werften am anderen Ufer, wo er sich zum Idioten gemacht hatte. Und wenn Lohmann nur deshalb nicht versucht hatte, ihm zu folgen oder ihn abzufangen, weil er ihn erkannt und schon bei der Polizei gemeldet hatte? Was dann?

Wieder klingelte das Telefon. Die Polizei. Quatsch, die klingelte gleich an der Tür, wenn sie einen abholen kamen. Er flitzte in den Flur. Vielleicht war es Mike, der aus Italien anrief, dann konnte er ihm gleich erzählen, dass er auch noch verreisen würde, nach Fuerteventura, was viel weiter weg war als Italien.

Aber es war nicht Mike.

«Spreche ich mit David Bauer?», fragte eine Männerstimme. David hielt die Luft an und fühlte die Hand am Telefon nass werden. Es klang eigentlich nicht wie Lohmanns Stimme, nicht so hamburgisch, trotzdem, sicher konnte er die Stimme verstellen, und der Mann aus dem Auto gestern? – das musste tatsächlich Lohmann gewesen sein. Er hatte rausbekommen, wo er wohnte, er hatte ...

«Hallo!? Bist du das, David? Der Zeuge von dem Überfall am Montagabend am Goldbekkanal? Hier spricht Hauptkommissar Meyer, Kriminalpolizei.»

Polizei, aber nicht wegen *heute* Abend. David hoffte, der Mann von der Kripo konnte sein erleichtertes Prusten nicht hören. «Ja», sagte er, es klang noch ein wenig atemlos, «ja, David Bauer.»

«Du warst doch auf der Wache am Wiesendamm, Montagabend. So steht es jedenfalls im Bericht. Inzwischen haben sich da ein paar Dinge ergeben, also, ich muss dir dazu noch Fragen stellen. Ich weiß, die Kollegen haben dir nicht geglaubt, aber jetzt hat sich die Sachlage geändert. Du hast doch den Mann gesehen, ich meine die beiden Männer, auch den, der dich verfolgt hat. Das hast du doch?»

David nickte eifrig. Endlich glaubte ihm jemand. «Ja. Ich habe beide gesehen. Der eine trug so eine Jacke ...»

«Ja?»

«So eine Jacke mit vielen Taschen, sie war weiß oder hellbeige. So eine haben natürlich viele.»

«Stimmt. Da wird leicht der Falsche verdächtigt. Es ist trotzdem ein guter Hinweis. Hast du auch sein Gesicht gesehen? Ich meine, gut genug, um es wieder zu erkennen?»

David triumphierte. «Bei einer Gegenüberstellung?», fragte er. «Ich glaube schon. Ganz genau weiß ich es nicht, es war dunkel und nebelig, so wie heute. Ich kann es ja probieren. Haben Sie jemanden festgenommen?»

«Vielleicht. Wir haben jemanden im Auge. Deshalb wäre es wichtig, die Sache noch mal durchzugehen. Dass du mir alles genau zeigst und beschreibst, was du gesehen hast. Dazu müssen wir uns am Kanal treffen. Da, wo du die Männer gesehen hast.»

«Jetzt?»

«Ja, sofort. Du bist ein wichtiger Zeuge. Wenn du gleich losgehst, kannst du in zehn Minuten dort sein, ich bin dann auch da. Kannst du das?»

«Ich weiß nicht, eigentlich ...» Beinahe hätte er gesagt: ‹... müsste ich erst meine Mutter fragen.› Den blöden Satz schluckte er schnell runter.

«Mach dir keine Gedanken wegen deiner Mutter», beruhigte ihn der Kommissar, als könne er Gedanken lesen. «Ich habe gerade mit ihr telefoniert. Sie ist einverstanden. Wenn es um eine so ernste Sache geht, hat sie gesagt, darfst du auch jetzt im Dunkeln nochmal raus.»

«Okay, dann geh ich gleich los. Ich brauche höchstens sieben Minuten.»

«Das ist prima. Noch eins, David: Bist du gerade allein? Ich meine, wenn ein Freund bei dir ist, wäre es gut, wenn du den nach Hause schickst. Die Sache ist noch nicht spruchreif, wir ermitteln geheim. Das verstehst du sicher.»

«Klar. Ich bin aber allein, meine Freunde sind verreist. Ich geh gleich los. Ich beeil mich.»

«Sehr gut. Ach, David? Deine Mutter hat mir eben noch erzählt, du hättest da gestern was gefunden, bei den Bänken.»

«Ja. Auf der Wache hat mir doch keiner geglaubt, da dachte ich, ich geh lieber noch mal nachsehen, bevor Beweisstücke verloren gehen. Ich habe einen Manschettenknopf gefunden, der kann gar nicht von dem Betrunkenen sein, der dort saß, als die Polizisten kamen. Der war doch ein Pen..., jedenfalls sicher keiner, der solche teuren Dinger trägt.»

«Bestimmt nicht. Das hast du wirklich gut gemacht. Ich wünschte, alle Zeugen wären so aufmerksam. Bring ihn unbedingt mit. Das ist womöglich ein wichtiges Beweisstück. Du hast ihn doch noch?»

«Eigentlich sollte ich ihn zum Fundamt bringen, aber, na ja, das hatte schon zu. Irgendwie. Ich bring ihn mit. Ich habe ihn kaum angefasst. Wegen der Fingerabdrücke.»

«Toll. Also mach dich auf den Weg. Und beeil dich.»

Noch vor zehn Minuten hatte David sich geschworen, nie wieder auf der anderen Seite des Kanals entlangzugehen, jetzt sauste er die Treppe so schnell runter, dass Frau Ditteken es nicht mal bis zum Türspion geschafft hatte, als die Haustür schon ins Schloss fiel.

Er lief die Straße hinunter, immer an der Hecke zu den Gärten am Goldbekufer entlang. Ein Auto rollte vorbei, wie meistens langsam auf der Suche nach einem der raren Parkplätze. Die Werften auf der anderen Kanalseite lagen im Dunkeln, auch die von Lohmann. Lohmann, oder wer immer ihn vorhin fast geschnappt hätte, war wohl nicht mehr da. Aber er konnte auf gar keinen Fall wieder dort vorbeigehen. Auch nicht rennen. Egal, wer der Typ vorhin gewesen war – er konnte noch da sein, auch wenn draußen alle Lampen gelöscht waren. Oder die Polizei war da und suchte nach dem Einbrecher. Aber dann wäre dort garantiert jedes nur mögliche Licht an, außerdem konnte der Kerl ihn nicht erkannt haben. Dazu war es zu dunkel und er, David, zu schnell gewesen. Aber nicht einmal ein Kommissar brachte ihn heute Nacht dazu, den gleichen Weg noch einmal zu gehen.

Es ging ja auch anders herum, in entgegengesetzter Richtung am Kanal entlang zur Barmbeker Straße und von dort durch den Weg zwischen den Schrebergärten. Aus irgendeiner Wohnung brüllte jemand ‹Elfmeterelfmeterelfmeterscheißschiedsrichter›, und David fühlte sich plötzlich wie in einem Traum, den er schon einmal geträumt hatte. Es war genau wie am Montagabend, dunkel, nebelig, leere Straßen, eine aufgeregte Stimme aus dem Nichts. Das Fußballspiel lief noch, alle hockten zu Hause und sahen fern. Mike fragte sicher danach, wenn er zurückkam. Scheiß auf den Fußball. Er konnte Mike viel Besseres erzählen.

Er hatte sich zwar auch geschworen, niemandem, absolut niemandem zu erzählen, was er heute Abend gemacht hatte, aber vielleicht wenn der Kommissar nett war, ja, vielleicht sollte er ihm dann doch erzählen, dass Lohmann auch so eine Jacke hatte und dass der den Mann, der bei der Bank gelegen hatte, den, der wahrscheinlich tot war, womöglich kannte. Gekannt hatte. Oder besser nicht? Es stimmte immer noch: Solch eine

Jacke hatten viele. Er hätte es gerne mit Mike besprochen. Wozu hatte man einen besten Freund?

Vielleicht, dachte er, als er von der beleuchteten Barmbeker Straße in den dunklen Schlund zwischen den hohen Hecken der Gärten eintauchte, hätte er doch Ulla anrufen sollen. Nur so, damit er nicht wieder ein Versprechen brach. Aber das war Kinderei. Der Kommissar hatte mit ihr gesprochen, das reichte. Diese Seite des Weges war trotz der hohen Hecken nicht ganz so dunkel wie die andere entlang den Werften. Von der Straße hinter ihm jaulte ein Martinshorn herüber, er schrak zusammen, blieb kurz stehen, hörte einen Atemzug lang zu, wie es sich schnell entfernte, und rannte, bevor das gruselige Gefühl in seinem Rücken noch stärker wurde, schnell weiter.

Zwei Minuten später war er am Rand den Wiesenstücks und blieb schwer atmend stehen. Der Weg führte weiter geradeaus an den Werften vorbei. Dort war alles dunkel, nicht mal die kleine Lampe in Lohmanns Hof brannte, deren Schein er am Montagabend gesehen hatte. Alle Tore schienen fest verschlossen, ganz genau war das nicht zu erkennen. Beim Durchgang zum Poßmoorweg, da, wo gestern das Auto mit dem Bootsanhänger gestanden hatte, war heute nichts, nur der schmale Weg mit dem matten Licht einer Straßenlaterne am Ende. Er stellte fest, dass er erwartet hatte, der Kommissar werde hier sein Auto parken. Von hier waren es nur wenige Schritte bis zum Pfad zwischen den Bäumen zu dem Wiesenstreifen, an dessen Ende die Bänke am Kanal standen. Dort war es stockdunkel. David blieb beklommen stehen. Für einen Moment fühlte er sich wie auf einem fremden Planeten, auf dem Weg ins absolut Unbekannte.

Er kniff die Augen zusammen und versuchte, auf dem Wiesenstück unter den alten Bäumen etwas zu erkennen. Zuerst sah er niemanden. Durch die tief hängenden Zweige der Weide schimmerten die dunstigen Lichter der Straße am anderen Ufer, dort wo er wohnte, und nun entdeckte er den Umriss einer Gestalt bei der Trauerweide direkt am Wasser, ganz nah an der hohen buschigen Hecke zu Kübi's Bootshaus und zur Hanseatenwerft mit der Kanuvermietung.

«Herr Meyer, ich meine: Herr Kommissar?»

«Pst. Nicht so laut.»

Der Kommissar sprach mit gedämpfter Stimme. Natürlich. Geheime Ermittlung.

«Komm her.»

Er hatte seine Hände gegen die Kälte tief in die Taschen seiner schwarzen Jacke gesteckt und sah auf David hinunter. «Du bist also David», sagte er, und der fand, dass die Stimme nicht mehr ganz so nett klang wie am Telefon, sondern ziemlich streng. «Hast du den Manschettenknopf?»

«Klar.» David zog ihn mitsamt dem Papiertaschentuch behutsam aus der Tasche und hielt ihn dem Kommissar entgegen.

Der schob das Papier auseinander, warf einen kurzen Blick darauf, murmelte: «Gut, sehr gut», und steckte ihn in die Innentasche seiner Jacke. David sah ihm zu und fragte sich, wo wohl der Assistent sein mochte. Kommissare hatten immer einen. Oder eine Assistentin. Ein kühler Luftzug fuhr über seinen Nacken, natürlich hatte er wieder keinen Schal umgebunden, und er spürte, wie sein Herz heftiger schlug.

Warum stellte der Kommissar keine Fragen? Warum stand er so nah bei der Hecke? Beinahe *in* der Hecke? Natürlich, Geheimermittlung. Deshalb stand er nicht bei der Bank, wo er, David, den Manschettenknopf gefunden hatte, sondern bei der anderen, die vom Weg aus nicht zu sehen war.

«Da hat der eine gesessen», flüsterte David und zeigte mit dem Kinn zu der Bank ohne Sitz und Lehne.

«So. Da hast du auch den Manschettenknopf gefunden?» Die Stimme des Kommissars war kaum zu verstehen.

«Ja, der lag dort im Gras. Er ist gar nicht rostig oder verdreckt, der kann da nicht lange gelegen haben, bestimmt hat ihn der Mann verloren. Der Verletzte.»

«Möglich. Ich habe hier auch was gefunden, komm mal näher.» Der Kommissar trat einen halben Schritt zur Seite und zeigte in die Hecke, die dort eine kleine Einbuchtung hatte.

David beugte sich hinunter. «Ich kann nichts erkennen, haben Sie vielleicht mal 'ne Taschenlam…»

Weiter kam er nicht. Ein Tuch wurde auf seinen Mund und vor seine Nase gedrückt, es roch scharf und süßlich, er wollte schreien, aber er bekam keine Luft. Er ruderte mit den Armen, versuchte die Faust mit dem Tuch wegzuschieben, doch es ging nicht. Eisenhart hielt ihn der Griff des Mannes im Genick, presste mit der anderen Hand das Tuch noch fester auf Davids Gesicht, und er spürte, wie der Boden unter ihm verschwand, nasses schlammiges Gras an seinen Händen – dann nichts mehr.

Im Kommissariat war die Hölle los. «*Wieso* habt ihr ihn verloren?», brüllte Hauptkommissar Hollendorf ins Telefon. «Wieso? Wo habt ihr ihn zuletzt gesehen? ... Winterhude/Stadtpark. Aha. Winterhude ist groß und der Stadtpark auch!! Wo? ... Südring. Mensch, der ist *lang*. Wo da? ... Okay, sein Wagen steht Ecke Südring/Saarlandstraße. Da ist jetzt keine Seele. Was macht der da? ... Ja, ich weiß, der steht da. Und ist der Kerl da ausgestiegen oder was? Hat er euch etwa bemerkt?»

Hollendorf schob seinen Stuhl zurück, stand auf und umrundete mit kurzen heftigen Schritten seinen Schreibtisch. Eigentlich war er ein ruhiger Mensch, aber es gab seltene Momente, in denen er sich wie Rumpelstilzchen kurz vorm Platzen fühlte. Dies war so ein Moment. «*Natürlich* wisst ihr das nicht», brüllte er. «Diese verdammten Herbstferien. Alle Leute mit für fünf Pfennig Grips und Erfahrung sind mit ihren Gören im Urlaub, und ich kann mich mit euch Anfängern rumschlagen ... Er ist also den Südring runtergegangen, und da habt ihr ihn verloren. Große Klasse. Ja, ich weiß selbst, dass es nebelig ist und die Sicht schlecht. Wahrscheinlich ist der Kerl direkt zur Wache Wiesendamm marschiert, nur mal Hallo sagen. Wiesendamm!? Moment. – – Moment!, habe ich gesagt.»

Hollendorf begann hektisch in den Papieren auf seinem Schreibtisch zu wühlen, die allerdings nur für Nichteingeweihte von Unordnung zeugten. Nach dreißig Sekunden hatte er gefunden, was er suchte.

«Dieser Junge, den zuerst alle für einen Spinner gehalten haben, der wohnt da ganz in der Nähe, Goldbekufer, ja, Nummer 42, und ... Sei still, Hübchen, verdammt, und hör zu, dieser Junge und die Fundstelle, die der angegeben hat, Grünanlage neben Hanseatenwerft/Kübi's Bootshaus beim ‹Kleingartenverein 422 Goldbek›. Ja, weiß ich, dass du weißt, wo das ist. Genau! Wo ihr im August den toten Junkie gefunden habt. Bete, Hübchen, dass ihr nicht zu spät kommt. Der Junge ist nämlich nicht zu Hause. Hat Horst gerade gemeldet. Hin da!, und leise!!, ich bin auch gleich da.»

Im Rauslaufen griff Hollendorf nach seiner Jacke, es war so eine hellgraue mit vielen Taschen, wie sie die Großwildjäger in Afrika in alten Filmen trugen, aber das stritt er stets vehement ab. Er rannte in den Hof zu seinem Auto, unterwegs zerrte er sein Handy aus der

Tasche. Er hasste es, beim Autofahren zu telefonieren, meistens verstand man nur die Hälfte. Leider musste er das jeden Tag. Und jetzt erst recht.

Für einen Moment dachte David, er schwebe auf einer Wolke, doch dann fühlte er hartes Holz in seine rechte Hüfte drücken, spürte den Knebel im Mund und irgendetwas, das seine Arme zusammenband. Sein Kopf schmerzte dumpf und war voll schwarzem Nebel. Ihm war schwindelig, und seine Augen fühlten sich an, als habe jemand Reißverschlüsse eingebaut. Als es ihm endlich gelang, sie zu öffnen, merkte er, dass es außerhalb seines Kopfes kaum anders war: alles schwarz. Immerhin konnte er hören. Es plätscherte leise, und jetzt begriff er, warum es so sanft schaukelte. Er lag in einem Boot, das eilig und doch fast geräuschlos vorwärts gepaddelt wurde. Von wem? Dem Kommissar? Der war kein Kommissar. Auf gar keinen Fall. Der war auch sonst kein Polizist. Der war der Mann in der Jacke. Der Mann, der den anderen, den bei der Bank, getötet hatte. Den mit dem Manschettenknopf. Oder das Ding gehörte ihm selbst.

David wollte sich bewegen, doch sein Körper gehorchte ihm nicht, er war erstarrt vor Angst und Schwäche und Kälte. Was wollte der von ihm? Wo brachte er ihn hin? Woher hatte er gewusst, wer er war? Und wo er wohnte? Wieso hatte er von Ulla gewusst? Wo war seine Jacke? Wie war er …

Panisch ratterten in seinem Kopf immer neue Fragen los, damit er die Antworten nicht geben musste.

Das Boot wurde langsamer. Ein seltsames Geräusch kam näher. Menschen? Er musste nur schreien, aber das konnte er nicht. Verzweifelt versuchte er seine Zunge zu bewegen, um den Knebel hinauszustoßen, es ging nicht, der saß zu fest, ein Band schnitt bei jedem Versuch nur noch schmerzhafter in Davids Mundecken.

Nun drängten sich die Antworten in seinem Kopf wie eine Woge: Der will mich erschlagen. Wie den anderen Mann. Ich bin ein Zeuge, der muss mich wegschaffen. Der wird mich …

Plötzlich sah er Ullas Gesicht, glaubte ihre Hand auf seinem Rücken zu spüren, warm und beschützend. ‹Ganz ruhig, David.› Das sagte sie immer, wenn er mal einen Anfall hatte, weil etwas nicht klappen wollte, eine Matheaufgabe oder Latein. ‹Tief durchatmen und überlegen, dann geht alles besser. Irgendwie kriegst du das schon hin.›

Tief durchatmen. Ruhig überlegen. Wie sollte er das hier hinkriegen?

In seinem Kopf war immer noch nichts als Suppe und Dröhnen. Aber es dröhnte auch außen, oder? Da war Lärm in der Luft, er kam näher, stand still, entfernte sich wieder. Das Boot schaukelte heftig, begann sich wieder schneller und ruckartig vorwärts zu bewegen, nur kurz, dann hörten die Paddelschläge auf, und es schaukelte durchs Wasser.

Endlich gelang es David, unter der Decke, die der Mann über ihn gelegt hatte, hervorzublinzeln. Er sah Gebüsch am Ufer, es war nicht weit, aber welches Ufer? Wie lange war er bewusstlos gewesen? War da schon ein Boot auf dem Goldbekkanal gewesen? Er hatte keines gesehen, er hatte aber auch nicht darauf geachtet. Vielleicht hatte der ihn erst im Auto weggebracht, und sie waren jetzt ganz woanders. Im Alstertal oder auf einem der Kanäle in Hammerbrook, im Industrieviertel, da waren viele Kanäle, aber nachts kein Mensch.

Er spürte Tränen auf seinen Wangen. Er hatte nicht gewusst, dass man sich so allein fühlen konnte, so verlassen. Als wäre die ganze Welt gestorben. Es roch nach nasser Wolle, ihm wurde übel, und sein Magen krampfte sich zusammen. Plötzlich wurde die Decke weggezogen, eiskalte Hände legten sich auf sein Gesicht.

Tot stellen, nicht bewegen.

Der einzige Gedanke, der in seinem Kopf pochte: tot stellen. Es ist nur ein Traum, nichts als ein böser Traum, gleich kommt Kuno wieder angeflogen, mit den Manschettenknöpfen in den Ohren, mit diesen Krallen wie von einem Drachen.

Es war kein Traum. Die Hände des Mannes tasteten hastig seine Arme hinunter, fanden und lösten die Fesseln. Dann lösten sie das Band, das den Knebel hielt. Der Knebel. Ohne den konnte er schreien, irgendwer würde ihn hören und kommen. Laut schreien. Nur ein

Krächzen kam aus seiner trockenen Kehle, ein raues Wimmern, und sofort legte sich eine Hand auf seinen Mund. Das Tuch mit dem widerlichen Geruch wurde auf seine Nase gedrückt, ihm schwindelte, er spürte, wie seine Arme erschlafften, er versuchte um sich zu schlagen, doch seine Muskeln gehorchten nicht mehr.

Wieder hörte er den Lärm, und das Boot schwankte heftig. Warum hörte dieser schreckliche Lärm nicht auf? Harte Hände griffen ihn. Oder schwebte er? In einem Karussell? Wasser schlug über ihm zusammen, eisiges, modriges Wasser – und plötzlich war er hellwach. Er ruderte voller Panik mit den Armen, endlich gehorchten sie ihm, seine Lungen schmerzten und wollten platzen, Wasser in seinen Augen, seiner Nase, seinem Mund, Wasser über seinem Kopf. Überall eisiges schwarzes Wasser.

Da, endlich, da war wieder Luft. Und Lärm. Heftiger Wind trieb ihm Gischt ins Gesicht, wieder ging er unter. Oder nicht? Eine laute Stimme rief irgendetwas.

«Aufgeben! ... Herr Lund ... Umstellt!»

Viel lauter als in der Wirklichkeit. Und Lund? So hieß Ullas Chef, der war doch nicht hier, sondern im Büro. Also doch ein Traum. Noch mehr Lärm, anderer Lärm, plötzlich war da auch Licht, ein gleißend heller Lichtstrahl traf und blendete ihn. Wieder griffen harte Hände zu.

«Nein», krächzte er, hustete und spuckte Wasser,

«nein!» Er schlug wütend um sich, doch sie waren zu zweit und hielten ihn fest.

«Hör auf, Junge. Aua! Dir tut keiner was, wir holen dich doch nur raus aus diesem Scheißkanal. Hör auf!! Ist doch alles vorbei jetzt.»

7) DER NEBEL LICHTET SICH

Als er Ulla aus dem Polizeiwagen springen und auf ihn zurennen sah, als sei die Welt voll Feuer, begann er zu weinen. Als sie ihn in die Arme nahm, ihn fast tot drückte und küsste und lachte und wieder küsste und auch weinte, schluchzte er laut auf. Er schämte sich nicht mal dafür. Er roch ihren Duft, den er immer so mochte, er fühlte ihr Haar nass auf seinem Gesicht und wünschte sich nur noch zu schlafen. Ohne schlechte Träume, einfach schlafen, in Ullas Armen mit dem Duft.

Er schlief dann doch nicht ein, sondern wurde wieder munter. «Das Schwein bring ich um», sagte Ulla. «Der hat mich richtig nach dir ausgehorcht, und ich hab es nicht mal gemerkt. Ich blöde Gans hab ihm sogar noch von dem Manschettenknopf erzählt, ich dachte, mein Chef ist nett, der versteht meine Sorgen.» Dann lachte sie wieder und weinte noch ein bisschen und sagte: «Keine Sorge, David, ich tu's nicht. Wirklich. Ich bin nicht so wie der. Aber irgendwas ...»

«Klar, Frau Bauer, irgendwas. Na, David? Geht's dir besser?»

David nickte, sah den fremden Mann, sah Ulla,

schälte seine Arme aus der Decke und blickte sich um. In seinem Kopf war immer noch ziemlich viel Nebel, doch er erinnerte sich, wie ihn zwei Männer aus dem Kanal und in ein Boot gehievt hatten, wie sie ihn in Decken gewickelt und ans Ufer gebracht hatten. Da waren Autos gewesen, blaugraue und schwarze. Ein Hubschrauber hatte dröhnend in der Luft rotiert und war wieder weggeflogen, natürlich, der hatte den Krach gemacht. Ein Auto voller Leute war abgefahren, er hatte Menschen am Kanal erkannt und einen Krankenwagen, der ans Ufer rollte. Eine Frau, die aussah wie eine Ärztin und sich auch so benahm, hatte ihn kurz untersucht, den anderen zugenickt, und David hatte etwas gehört wie «Okay. Ruhe, Schlaf und seine Mama, dann ist der wieder wie neu».

Da war noch ein Peterwagen gekommen, mit Blaulicht und Martinshorn, und Ulla war rausgesprungen, kaum dass er hielt, und hatte ihn fast tot gedrückt, wo er doch gerade erst gerettet worden war.

Als die Schule wieder begann, interessierte sich niemand für Davids Ferien auf Fuerteventura, obwohl die wirklich toll gewesen waren, besonders der Wasserskikurs und die Ausritte am Strand (David hatte das Pferd ziemlich groß gefunden, das musste er ja nicht erzählen; auch nicht, dass er mit Ulla in einem Zimmer geschlafen hatte, weil ihn ständig diese Albträume plagten und er nicht allein im Dunkeln liegen konnte).

Alle wollten nur die Geschichte hören, wie David einen Mörder gefangen hatte. Obwohl David fand, dass das die Polizei getan hatte, eigentlich, und der Mörder eher ihn gefangen hatte, aber er ließ sich nie lange bitten. Die Mappe mit den Zeitungsausschnitten zeigte er allerdings nur Mike. Da stand auch alles über die beiden Männer drin, die David in jener Nebelnacht beobachtet hatte: Robert Lund, Ullas Chef, und Henry Genser, der eben doch nicht in sein Ferienhaus in den Pyrenäen gefahren, sondern tot unter alten Wurzelstrünken im Osterbekkanal gelegen hatte.

Genser und Lund waren zugleich Konkurrenten und Freunde gewesen und hatten, da beide mit Immobilien handelten, gelegentlich Geschäfte miteinander gemacht. Auf die Grundstücke am Goldbekkanal hatte Lund schon lange ein Auge geworfen und zuletzt geglaubt, ihm sei das lukrative Geschäft sicher. Henry Genser hatte es ihm vor der Nase weggeschnappt, das hatte Lund natürlich überhaupt nicht gefallen.

Bei ihrem Streit an jenem Abend war es genau darum gegangen, nämlich dass Genser den Deal mit einer beachtlichen Bestechungssumme blitzschnell für sich entschieden hatte. Er war an dem Abend bei Paul Lohmann in dem Büro der Werft am Goldbekkanal gewesen, um mit ihm darüber zu verhandeln, ob und zu welchen Bedingungen der Bootsbauer das Grundstück kaufen wollte. Lohmann hatte nur bitter gelacht, wieso sollte er sich für den Kauf eines enorm teuren

Grundstücks verschulden, wenn die Werft trotzdem verschwinden musste?

Lund hatte gerade an dem Abend erfahren, dass der Mann, den er für seinen Freund gehalten hatte, ihn ausgetrickst hatte. Als er von Gensers Assistentin erfuhr, dass ihr Chef bei Paul Lohmann sei, war er in seiner Wut gleich losgesaust. Er kannte die Gegend und wusste, dass man dort meistens nur beim Poßmoorweg parken konnte. Dort wollte er ihn abfangen und mit ihm sprechen, ohne Zeugen. Aus Sprechen wurde sofort Streiten, hartes Streiten, immer unter die Gürtellinie, darin waren beide Meister. Und dann, als Genser ihn einen Verlierer nannte, einen, der nie die Nummer eins sein würde, hatte Lund plötzlich rot gesehen und zugeschlagen.

Leider knallte Henry Genser mit dem Kopf auf die Betonstrebe der kaputten Bank, er war nicht gleich, aber ziemlich bald tot. Und das, nachdem Lund erst vor zwei Stunden vor Zeugen verkündet hatte, mit Henry, diesem Schwein von Verräter, rechne er noch ab, der solle bloß aufpassen.

Dass niemand beobachtet hatte, wie er Genser zum Osterbekkanal gebracht hatte, an dessen oberem Lauf es noch einsamere Abschnitte gab als der Goldbekkanal, und ihn im Wasser deponierte, war reines Glück gewesen. Selbst die Hundeausführer hatten an dem Abend Fußball geguckt.

Der Tote war trotzdem schnell gefunden worden,

weil alle Enten des Kanals und zwei besonders dicke Ratten sich so auffällig und aufgeregt an einer Stelle des Ufers tummelten, dass ein Angler nachsah, was sich dort wohl verbarg. (Der Angler hatte übrigens eine helle Jacke mit sehr vielen Taschen getragen.)

Die Polizei war Lund schon auf der Spur gewesen, und Hauptkommissar Hollendorfs gut trainierte Kombinationsgabe rettete David das Leben. Dabei hätte er Lund, den er nur in Nebel und Dunkelheit flüchtig gesehen hatte, niemals als Täter wieder erkannt. Jedenfalls nicht eindeutig und ohne Zweifel.

Der Vorvertrag für den Verkauf der Grundstücke am Goldbekkanal wurde inzwischen übrigens für ungültig erklärt. Es sieht auch nicht so aus, als würde die Stadt sie in absehbarer Zeit wieder zum Verkauf bieten. Nicht dass es an Angeboten mangelte, aber plötzlich fanden alle, es sei eine unsägliche Schande für eine Hafenstadt, Winterhudes letzte Bootswerften zu vertreiben oder durch einen teuren Umzug in den Bankrott zu zwingen. Selbst jene Nachbarn, die sich immer mal wieder über Maschinenlärm beschwert hatten. Eine Bürgerinitiative drohte sich zu gründen, und sogar Frau Ditteken unterschrieb deren Unterschriftenliste.

Verenas Chef Herr Lohmann sieht in der letzten Zeit wieder ganz gesund aus. Den Einbruch hatte er mit seinen Angestellten besprochen, aber nicht angezeigt. Er fand, das mache keinen Sinn. Weder hatte er den Einbrecher erkannt, noch war etwas gestohlen worden.

Stattdessen musste Jonas den alten Busch vor dem Tor fällen und zwei Reihen Stacheldraht auf dem Tor befestigen. Eine Alarmanlage ist bestellt.

Verena ist wieder im Internat, David hat sie nicht mehr getroffen. Vorgestern hat Mike ihm schöne Grüße von ihr bestellt, was David leider wieder mal tief erröten ließ.

Sonst geht es ihm wieder gut. Nur in besonders dunklen und in nebeligen Nächten holen ihn manchmal die Albträume noch ein.

PETRA OELKER lebt als Journalistin und Autorin in Hamburg. Ihre historischen Kriminalromane haben die Bestsellerlisten erobert, mit «Nebelmond» veröffentlicht sie nun ihren ersten Jugendkrimi bei rotfuchs.

«I like reading – und du?»
Deutsch-englische Geschichten von Emer O'Sullivan und Dietmar Rösler

Butler & Graf
Ein deutsch-englischer Krimi
3-499-20480-0

**Butler, Graf & Friends:
Nur ein Spiel?**
Ein deutsch-englischer Krimi
3-499-20531-9

**Butler, Graf & Friends:
Umwege**
Ein deutsch-englischer Krimi
3-499-20647-1

It could be worse – oder?
Eine deutsch-englische Geschichte
3-499-20374-X

Mensch, be careful!
Eine deutsch-englische Geschichte
3-499-20417-7

I like you – und du?
Eine deutsch-englische Geschichte
Paddy zieht mit seiner Mutter nach Berlin und geht mit Karin eine etwas komplizierte Freundschaft ein. Er spricht kaum Deutsch, und Karin kann schlecht Englisch. Sie unterhalten sich in einem witzigen Sprachmischmasch, der es ermöglicht, den ganzen Text ohne Wörterbuch aus dem Inhalt heraus zu verstehen. Am Ende haben die Leser mehr gelernt als in manchen mühsamen Lektionen in der Schule.

3-499-20323-5

rororo rotfuchs

Gesellschaftlicher Zündstoff bei rotfuchs

**Frederik Hetmann/
Harald Tondern
Die Nacht, die kein Ende nahm**
In der Gewalt von Skins
rororo 20747

**Anatol Feid/Natascha Wegner
Trotzdem hab ich meine Träume**
*Die Geschichte von einer,
die leben will.* rororo 20552

**Heidi Hassenmüller
Gute Nacht, Zuckerpüppchen**
rororo 20614

**Ann Ladiges
«Hau ab, du Flasche!»**
rororo 20178
Immer häufiger greift Roland zur Flasche, wenn es Probleme gibt. Lange merken die Eltern nicht, wie abhängig er ist. Bis Roland den Ring seiner Mutter versetzt ... Kann er sich jetzt noch selber «aufs Trockene» retten?

**Margret Steenfatt
Hass im Herzen**
Im Sog der Gang. rororo 20648

**Harald Tondern
Wehe, du sagst was!**
Die Mädchengang von St. Pauli
rororo 20995

**-ky
Heißt du wirklich Hasan
Schmidt?** *Ein Krimi*
Wie es ist, nicht mehr Matthias, sondern Hasan zu heißen.

rororo 20360

Mehr Infos im rotfuchs-Magazin *fuxx!* und unter *www.fuxx-online.de*

Ausgezeichnet!
rotfuchs – beste Unterhaltung!

Alexa Hennig von Lange
Ich habe einfach Glück
Einer abenteuerliche Geschichte über das Erwachsenwerden.
Ausgezeichnet mit dem Deutschen Jugendliteraturpreis 2002
rororo 21249

Holly-Jane Rahlens
Prince William, Maximilian Minsky and Me
Eine zweisprachige Love Story
rororo 21294
Zweisprachige Ausgabe des prämierten Bestsellers über die Abenteuer der jungen Nelly Sue Edelmeister.

Prinz William, Maximilian Minsky und ich
Nelly Sue Edelmeister ist verliebt. Und zwar in Prinz William! Statt der Thora studiert sie daher viel lieber die königlichen Websites – sehr zum Ärger ihrer Mutter. Als die Schulmannschaft dann auch noch zu einem Basketballturnier nach Eton eingeladen wird, hat Nelly nur noch ein Ziel: Sie muss mit! Dafür geht sie sogar einen Deal ein mit dem Sport-Crack Maximilian Minsky ein, den sie eigentlich unsäglich findet ...
Ausgezeichnet mit dem Deutschen Jugendliteraturpreis 2003

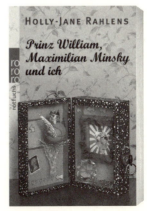

rororo 21274

Mehr Infos im rotfuchs-Magazin *fuxx!* und unter *www.fuxx-online.de*